矢山哲治

―詩と死―

福岡市文学館
選書5

矢山哲治　―詩と死―　＊目次

Ⅰ　詩

未刊詩篇　107

習作詩篇

こをろ詩篇

装幀　宮島亜紀
装画　佐藤ゆかり

I

詩

詩集『くんしやう』

序　句

勲章や木馬で坊の観兵式

白雨

薫しゆうの友に

祈禱

空と　河原と　籔と
いつでも母であつた　ねぐらであつた
異境にうせた友らともつた　日日
鰡おひ　雀うち　ながさき馬（幼年万歳！）

ひなびた学校であつた　運動場は
ぽぷらに　まばらな陽かげ
そを守つてあなたは　やさしい
戦士だつた　おて玉　なはとび（幼女讃歌！）

だぶつこの羅紗ずぼんに　めかしこんだ
ぼくは級長　縹色の毛糸の
じやけつもすてきな　あなたは
となりの部屋の副級長（あんな時があつたとは！）

いつの朝　あなたをぼくはおぼえたか！
いつの夕　あなたはぼくのあとから戻つた！
毎日のこされて　それはきびしかつた
唱歌隊　運動《すぽおつ》のお好きな宮様のおうた

でもそれは　過ぎてしまつた、あのとき！
（なんでもなかつた　が昨日の悔恨みたいだ）
でもそれは　遠いところに、あのころ！
（なんといふうすら光《あかり》　まるで昨日の黄昏風だ）

（だまつて時間は手品《てづま》する！　ぼくははや
お酒のあぢになき　あなたは老師と
お茶をわびて　つつましうつよく
やがてくる日に　こころをすます――）

夜ごと　街うらをさまようて苦しくつて
酔うて思ひもうけぬ晩　みにくいざまで　ぼくは
あなたを驚かす（あなた！　ぼくは胸がつぶれる！）
とびつきりの春の髷《わげ》（あなた！　ぼくはすくはれる！）

ぼくのお胎《なか》のなかに眠つてたぼく　もつぱら
あなたを敬慕する　あなたの膝もとを
ただこねてみたいぼくは　懐郷に

あなたを　母の勲章でかざつてあげてた！
昔のまんま　あなたはこどもだつた
母であつた――（けつして逃げてゆかないひと！）
昔のまんま　ぼくにもこどもはひとり
住んでゐた――（こどもは母をよぶもんだ！）

いやらしいぼくだが　あなたばかりは
亡せた友も　詩神《みゆうず》もうちつれて
なんだか許してくれさうな――ひたすら燃えて
祈禱して　ぼくは生きよう、生きねばならぬ！

更春

親ふかうを　ぼくはこらえてゐた――
（はたちの齢が自滅をかがやかすのか……）
秋になつたら　死ぬんだらうよ
美しい物語の望みもきえて

（ピストルは詩人にふさはしいか……）
むしろ　首縊りの林――を想つた
滑稽と善良　諷刺と真実　あのときも
ぼくはあんまり真剣だつたから

北京から札幌から　寿春《はる》は舞ひこんだ
（ぼくはまだ　死んではゐなかつた！）
死ぬことはあんなにも　やさしすぎるんだ！
（も一段おのぼりなさいね　つらいけど！）
きよらかな声はあつたから　身をかがめて
はげしくぼくは歩かう！　なきじやくつて

茶ひと

木枯しの晩は考へる　絶えほそる
火種をまもつて——たつたいま
あなたのもとから　戻つたばかり……

(なんにもわかりはしませんのよ)　といふ
あなたの唇《くち》もと!
(ほんとにようございましてよ)　といふ

あなたの眼もと!
その　あなたのたのしさは　やはらぎは

どこからくるのと　考へる

甘いものに口をよごすと　さつぱり
お茶は　うまいもんだ
（言葉にすると
嘘になるんでございますのよ！）
まろかな　あなたの手なみをみつめると
ぞんないなぼくの生理は　鳥肌をたて
あらあらと　吐きすてねばならぬ
（それでもお酒が一等いいんだが！）
さりげなにあなたは（ほんに　お茶は
お酒のかたにも　あはすのでございますのよ）

道の中

道の中国《なか》つ御神《み》は旅行《たび》も為《し》知らぬ君を恵みたまはな（大伴坂上郎娘）

北へ、北へ
のろまな汽車は走るんだらう
はだらに雪のなごりを惜しむ　川に
野に　風はかげりひかつた
かるく懈怠が身をおそふころ
同伴《みちづれ》の心労もままにならうからか
かうもまあ、とほくにやつてきたこと！
明るい車窓に瞳をもたせて
自然の推移にちひさく歎賞すると
ひそかに、たかまつたものに出会ふので

あなたはおびえ泪ぐむ（ぼくはしつてゐる！）

永平寺の庭すみに山椿が雪にたれてた（と家への音信）
金沢は茶菓のある処、あなたを喜ばしたかしら
信濃川をよぎると　林檎はどんなに白い花か
ほどなう　青葉城址がふさはしうあなたを迎へた
松島瑞巌寺、そして碧雲老師の相見《しやうけん》（なんと
つつましう　稚《わか》いあなたの祝祭！だつた……）
旅程が帰途にうつるにしても　東京で
姉と弟、あなたたちふたりの歓びの邂逅
（弟はあたらしい制服で　すつかり帝都の学生だつた）
幹ひとつと　手をつないで成長したあなたたち！
それぞれの梢に　花咲く季節を招いたあなたたち！

北から　南へ
国際列車は　日本の新しい気流をながれゆく
旅なれた熟睡《うまい》のなかの　あなたは
もう　はや　ちひさい弟妹たちに腕をのべる
家居怱忙のひと！に　かはつてゐるの……

勲　章

一、

み国のご紋と　こどもはしつてゐた
菊の勲章
菊の勲章
白菊は　こどもの胸に
ほこりさいた

二、

南京ニ菊ハ咲キマシタカ

慰問袋から　ぽろりとおちた
いくつか　黄色になえた
こどものつんだ　白菊の冠
かみしめかみしめ
兵士は　ほろほろないた

菊花の章

祖父はたつたひとつ　菊を愛してゐた
街なかだもんだから　干場を園にしてゐた
政界の老客　村夫子　にも紛ふうあつぱりで
日日　たしなむんだつた——あきうどだつた

季節になると　針金を渦まいてこしらえた
花支《う》けをゆひつけ　枯れた首をたてて
あきもせず　葉茎の塵をいちいち
水筆で　洗うんだつた——なれたもんだつた

その祖父はもうどこぞに消えた　せんだつて
幾じゆうの大鉢もはらはれた――のに
馥郁　秋を　菊は薫つてくるから

白菊の目に立てて見る塵もなし
南窓の部屋　読書の浄卓　寂《ひそか》にひとをおもうてゐる

海

みみのおくに　海があるんかしら
音楽の　花花の　かるく潮ざゐの
なりひそむやうな、うつぬけた
こころは　愛情風の予感がするんだが

ひかげつた公園は　林の中だつた
もの昏い珈琲店《かふゑ》は　昼間だつた
なんだかつかめさうな、　遠くからよせる
笑ひ声　扉《どあ》の反動　また遠のいちまつた

何日《なんち》も決心する、と海にあるいて行つた
白い蛇をからませ　黒い波はきしつた
海彼《むかう》の北の風は　容赦なし頬をそいだ

荒涼、といふことばを　身にふりかへる
ああつ　と叫んで砂丘をくづれおりた
老齢《としと》つた　お母さんの顔を　みたもんだから

川と葦のうた

かなしみをうち叫び、よろこびにふしまろびながら
ゆきつくす涯ない　川のながれであつた
ほこらかに肌はをののき、はぢらうて茎つようなり
北風にえたゆる　ひともとの葦であつた
終日《ひねもす》流れて黄昏れた、川はいつた
茎よ、ひとの顔はもう見えなくなつた　また明朝《あした》まで
終日陽をあびて風がひえた、葦はいつた

川よ、あなたの声は終夜《よとほし》　わたしの眠りをやはらげませう
葦よ、川よ、と　よびかうた
やがて　すべては闇ととざされるのだつた
ままならぬ奔流《ちから》のそらおそろしさゆえ、川は
葦をいたはりいたはり　きよめてやるのだつた
み動きならぬ身の運命《さだめ》のせつなくて、葦は
川をおもうて　茎もたわわに鳴りひびくのだつた

夜に

あまりに昏い　ぼくの夜だから……
みを耐へてゆかうと　おきもだゆるのに
千のしもとは　ふりやまず
万のつぶては　うちやまず

清烈な　光にみちた聖夜だつた――あれは
とけうすれた記憶が　闇をひとすぢ
はるかあたりにまさぐり　ひそひそととよめく
あれは　ぼくの生誕だつた　と

死ぬことならぬと　たれが決めた？
ころがりころんで　ぼくは生きてゐるけれど
最初の光は　亡《ほろ》ばぬ……
これの光を　かきたてるのはたれだつた？

夜になげいて　ぼくの泪は涸れつきたが
純潔な　とほい石にむかつてなほ呼ばはつた……
せつにちかくに　存在を与へてよ
あやふう　もつと光を！　と

朝

それはもどつていつた！　どこへ
おほきなめざめ！はのこつた　失はずに
額へそつと　手をかかげた　それから
胸を　ひらくのだつた　窓をあけながら

かへつた　星たちが青い光を降せた　が
たちまち　薔薇色の嵐が　おそつてきた
（ありがたう！）きづかぬまに
一つのうたは　ぼくに贈られてた！

こつそり　腕をのばしてみたりまげたり
ひつそりたたんと　肩を叩いてやつたり
そらんじたお章《はなし》　みたいな唄だつた！

やさしい　お母《つか》さんがうたつてくれた唄のやう
げんきな　お父さんと一緒にうたふ唄のやう
（あれは　見知らぬものの　すがたぢやなかつた！）

あとがき

☆つねに僕の心のうちそとに親しく住まふ、すこしばかりのひとたちのもとにとどけられる、このたいへん貧しい小さな本。幼年の日このかた。なんとただしい師のみ手に導かれはぐくまれ。なんと敬愛する友らにまもられてきたことか。廿年の跳躍台にたつとき。なつかしい顔が声が、心が、潮のやうにわきあがつてくる。祝祭へと。僕のささやかな運命も、かくて初めて可能となつたのだから。

☆詩集であるから批評に耐へねばならぬ。おほきな身ぶり。未熟。ぎごちなさ。こどもの時代の詩集といつてもまぬがれぬだらう。だが、しかし僕はあたらしく発足した。より日本の詩へと。

☆題字と句をおねだりした白雨先生に、これまで僕は全く育てられた。激励してくれる友らのうち、提琴の鈴木真、医学生原田さん、カロツサの友佐藤昌康は、この本にも力を惜しまず。また。そしてとほく千里をこえて身ぢかに。あかりをゆくてにかかげてくださる、立原道造さんのみ名をもしるして。感謝と祈念をこめる。十三、七、卅一。

矢山　哲治

詩集『友達』

ぼく達の背後に
美しい娘達が待つてゐる
誰か知らないが待つてゐるのだ
さうしてぼく達は
前方にまつしぐら死地へ歩いてゆく

美しかつた日に

胸を日章旗のやうに
はためかせ
友達であるしるしに
ぼく達は腕をかさう

海へゆかねば
ぼく達の髪をいつせいに
撫でつける
あの母の手に招かれる

むごい夏から
健康を保持するやうに
移りやすい世間には
お互を防禦せねばならない

日焼けた腕をとつて
きみは胸をゆたかに歩きたまへ
ぼく達の全歩速が揃ふかぎり
希望はゆくてだ　明るい空の下だ

観音のあるこの山は深いが
ぼく達の心ほどに高くはない
杉木立のしたを踏んで
料金のかからない水音を聴いた

山荘の露台に立つと

椿の葉もれを娘達の色彩がゆるる
まはる跳び綱にすくはれて
息のひとりは激しく地に倒れた

ああ　この心象を何処におかうか
散文には描けないことだし
乾板へ写せるとは信じられない
ただ　ぼく達の若いいぶきが触れただけ

ごらん　越えてきた麓の方を
七つの森と青い海に抱かれた輝く都市
唄はう　美しいこの地方に育つたと
父母のくださつた健康と精神と

Fräulein Kunié gewidmet

あなたを与へた御手は
世々の母の髪にたしかに触れたであらう
季節にかかはりない幸せのやうに
年齢の隔てなくぼく達は弟になつたのだ

あなたの羽交ひのひまから美しい娘達は
風にうたれない花々のすこやかさに
幼いあどけない歌ひぶりに
ぼく達の勇気をあふれさせるやうだ

時に親鳥は翼をはげしく搏つであらう

若い雛をみちびきなほ高く翔けあがる
ぼく達は恐れる　優しいお心に負ふことの多くして
じうぶんに健康すぎないあなたでないかと

Fräulein Kunika gewidmet

くろい腕と
あつい胸と

海風へサンダルを履いて
健康と砂丘ときみはバランス

友情のリボンよ

青春のバッヂよ
ユニフオムの間に正しくおかれた一箇のボオル
青空に　おお　あの日章旗

はげしい積雲《キユムラス》の慾望はきえた
巻雲《シイラス》が彼女の繊細な刷毛をゑがいてゐる
季節は昔ながらに古い歌をくりかへし
新しいよろこびを今日はこんで来る

ランプの下でかたむけると
彼はしづかに製図板から埃をはらつた
娘は夕暮の厨でひつそりナイフを揃へながら

母のまるい背へ夏の日をささやきつづけた

スチイルの書棚の谷にふたたび膝ついた若者は
黄ばんだ書物の一葉を拾ふとかうつぶやいた
「思ひ出のひそかな営為は
秋の内部を成熟させる　黄金のひかりのやうに」

わたくしに父の心はよく判るのでございます
わたくし達をとがめて
父はけつして幸せでないでせう
父のさびしがつてゐる様子

わたくし達の兄が眼鏡を掠められて負傷した日
わたくし達の血統であり保護者である兄がなほ
戦地に在つて任務に服しつづけてゐる日
わたくし達がこのやうに自制を享受し得ることは
父にたまらなく映るときもあるでせう
わたくし達の心をこのままに在らして
わたくし達をこれ以上に危うしてくださいますな
わたくし達の敬愛をどのやうにおもく考へるのでせうか

この不遜な荒波が寄せてくる日
抗ひ防ぐのは石造物ではありません
ぼく達の肩と心を合せた人垣のなかにはじめて
父母と同胞の未来は在るのです

新しい体制は外部の装ひでなく
ぼく達の内部が建てた意味なのです

ひとりの姉は毛糸を編みかへしてゐます　まるで貴重な品をあつかふやうですみやかに
運動好きな妹がまじめにキユリイ夫人伝を読みふける
いたづらな末の娘はへたなギタアを掻きならす
さうして周囲からおほぜい快活ないくぶん感傷に酔つた少女達がひそひそ顔を寄せてゐます
　戸外は冬の夜だつた　裸木をすかして公園の池水は凍りかけてゐた　あやしい鳥が一声
　礫をおとした
ああ　母の子達の魂は　いまこの部屋の暖い照明のなかを

金粉のやうに溶けていつまでも漂ふてゐます

あの時をおぼえておいでかいあの春の野辺だよ
今日風に馬車をつつ走らせたぼく達だつたが
嬉しいといひ悲しいといひもろい唄ばかりに
あの日をあのやうにしるした季節はいぢわるな奴

老いた馬と若い馬と競りあひながら倦きもせず
まへの箱からいつせいに絹のハンカチが呼び
あとの台からてのひらのメガホンがこたへ
現実はまつたく馭者の鞭のやうに追つてゐたとは

ふたたび春に列車の上からぼく達は右手を揚げる
遠離るきみ達よ胸にかくすハンカチにおなりよ
また停車場の鳩のやうに舞ひあがり汚れない
白い胸をかがやかしこの朝を浄めておくれ

お互どこで浅く眠つたつてぼく達は逢ふことだらう
さうしてきみ達の内部をぼく達の外部がかたどる日を
自然がいつか望むならきつときみ達は生むだらう
父にまして美しい男を　母にまして勁い娘を

詩集『柩』

幼年詩集

この詩集は友達の好意によつて出生するもの　著者

母ふさに　明治癸未生

優しい歌

闇はひそかに敵をかくしてしづまつてゐた
隊には薬莢一つもう残つてゐない
あのやうに頼母しくおもつた友情すら
あとかたもなく消してしづかな夜を迎へてゐる

ながいこと気をうしなつて冷い風にさめ
若いひとりの兵は空つぽの弾盒を腰からはづす
ふたたび失神しさうな疲労に銃を抱いて凭れかかる
壕のなかで兵は朝のみじめな死を待たうといふのか

ふたしかな姿勢でふたしかな均衡で眠りかけたら
兵のからだはいつか支へられ揺られはじめる
暖くけつして柔らかくはない分あつな掌に……

兵は起きた——東の空はあぢけなく白む
たちまちきれぎれの旗を奪つて敵の火器の在りかへ
壕を走り出た兵は遠雷のやうな友軍の砲撃を聴く

灰の歌　（十三年春—秋）

序

やがて　悔いへと
変らないやうに　いつまでも
うたひつづけねばならないの
ものみなは移りゆくから

一日は一日　と
しづかに　明日をまつばかり
よび名はひそかにたたまれて
祈りのかたちになった

このむなしい風と空のなかを立ちつくすものにくづれぬ光はあれかし
すべてがつきたときやつとこどもだつたからと
それは喜びであるやうに

唯、うたひさへすればよかつた日はもはや僕にはかへらないのだらうか。また詩学を考へることからもおよそ遠くかけ離れてしまつた今日、詩をたふとくおもふ僕は詩を絶つほかはないだらう。いつから。と、僕もはつきりいへない日から、詩へ疑ひと不安と時として猜み恨みまで先立つやうになり、たとへ形をソネットにつくりあげても、魂のあらうはずがなく、悔いや自嘲の深い淵へ僕はつきおとされるのだつた。かうした憤りをはげしくこめた冬のある夜、一つの紙袋の重いのに僕は驚く。広告、ノオトのはし、プリントのすみ。それらの詩稿の数に僕はいくらかあつけにとられた。決して多くはなかつたのに。しかし躊躇せず僕はそれらを灰にする。といふのに、なほ灰の中からいくつかの文字を拾ひたかつた。花咲爺ならぬ僕が昨日の灰をまくことの愚かしさは誰よりも僕が知つてゐる。だがこの頃、なにか壮烈な花火を自分へ仕掛けようとたくらむ僕への僕の餞けとして。

顔

樹樹を風はよどみなく透いてゆくから
なほ亡せた小鳥もたちもどるらしかつた

枝枝ががつしりと日月のあとを組んで
葉かげのやうに鮮かな小鳥の羽打ちとなつた

梢梢は一枚のがらすと青空をかがやかせ
小鳥のよび騒ぐみづみづしいしじまだつた

こんなぐあひ明るい午後をくゆらしながら
だまりこまれた老せんせいのお顔

夕の歌

たれかれも　もうはつきりしない
ひとしきり子供たちをよぶ声が
露地から　露地をかけぬけたころ
とあるお寺のかどにぼくは立ちどまつた

さて立ちどまつたぼくだつたが
お門のうちへはいつたものかと考へた
おもても境内も　おんなじやうに
昏うなつて涼しいけはひは流れてゐた

べつに用もないが　さしつかへもなからうし
お地蔵堂と本堂のあひだをぬけた

と　いつせいに無数の白い顔がほのめくと
たちまち　ざわめきは遠くへ消えさつた
とりすます硬い肌ばかりのこつて
この夕から　なにやらぼくは知つたのだ

てまりこ

モツアルトの唄のしらべを
ちひさい声にひとはうたつた
たれもきいてゐないと　おもつてか
くろい瞳をあやしくするゐて

膝のへのをさない妹はお眼めを
とぢた　雨にぬれてゆれた
てまりこの花　その花ほどに
くらいお椽にお顔がういた

しらないしらべのしらない唄をくりかへす
かのやうで　しらないひとに
まるでみえたが

白露をしたたるおとがひが
わづかふるへた　ああ　その時
はげしい渇きをぼくはおびえた

父・母

梧桐のあひだからひつそり夜が
たちのぼると再びぼくは身をなげかけた
そこはひんやりとあたたかく
奪はれることからとほくて明るい
居なれた小座敷にも似てゐるもんだから
あやしさで胸がつまりさうなのだ
だがぼくはみた　物語の父のすがたを
だがぼくはみた　物語の母のすがたを

父はすこしばかり伏して坐つた
木石とかはり謡の風をよびおこしながら
水のやうにゆるい衣紋の母が

片ひぢに息ついてこつそりハンケチを
かくすてつきで新聞をあしらつてゐた
無数の暗いものが駈ける庭、露地、格子門
地上のあらゆる場所より　そこだけ
くつきりと晴ばれしい　輝いてゐるのだ
ちち四十七歳　よいかな
はは四十七歳　よいかな
と　額のなかを指さきが描いてみた
漲つたものが十重八重にせきをつくり
なにか子供すら踏みこませないのだつたが
思つてみてもそれはそこに
しびれるほどの幸福をかぐはしながら
たしかなもののかたちがあつた

短くなつたタバコは屋根へ
物語はここで今晩もおしまひへ
すべからく心空しうして本は読むべし
それにしてもぼくの父はどこに居るのだらう
なべて父はコホロギのごと歌ひあげて
カゲロフの死をくりかへすのかしら
やさしいばかりにくづれるお母さんが
港へもどる老いくちた船にみえた

雅歌

八月のはげしい一日
歌つくりの少女にいざなはれ

海岸のサナトリウムへ十八の
少年を自動車でおとなうた

潤葉樹の山肌から甘く
アマクサの香はこぼれ来
合歓の木かげに白亜館の
人らの寝息はすこやか

幾十冊の書物にあけくれて
回復の日数を耐へぬ
おとなびた少年の毛ずねは
黒い頬ひげはかたい

秩序あるこの建築のなかでは

ぼくらの健康こそあやしいものだ
この錯覚がたのしく酔はせ
歎異鈔のリリスムを説きたてたが
ほほゑみ耳かたむけた少女と
少年の契約の美しさはかぎりなく
五彩にめくるめく沖へ遠い都会の
空へ駱駝の雲へ瞳をぼくは返す

お前よ　美しくあれと
声がする

柩（十三年冬）

柩

いつから
母をぼくはみうしなつたのだらう
どうして
友をよぶすべをなくしたのだらう
くりかへし
いくども　秋はやつてきたやうだつた
それから
冬が　みじかい足どりにかけて来た
まるつきり
冬と秋とで一年を織るかのやうに

空は
かわいて天までからから声がとどいた
笑ひが
さやり草むらへかくれてぼくを嘲つた
光がわれ
冷い殻のばつたのやうにぼくをおそつた
たしかに
ぼくは旅へあるらしかつた——遠い誘ひへ
誰もゐない
このおろかな草花の野をぼくはいそいだ
はしたない
身ぶりでゆくてをあらはな樹木がよぎり

みぎひだり
風景はずりゆき湖水へくづれおちた
しらじらと
径から霧がわいて梢をこがしながら
みえない
粒になつてぼくの肌をつきさした
のがれゆく
巨きなぼくの影が芝ふをはしつた

＊　＊　＊

それから　還つて
来たのは秋だつた？　冬だつた？
それから　やつて
来たのは夜だつた！　闇だつた！

樹木は　よろばひ
草原は　かたむき
ざんこくにぼくの影を吹きちぎり
闇が　すべてを
恐怖のいろに塗りつくしたとき
ぼくをもとめて　ぼくはうち伏せた

なにを？
奪つてぼくにあたへてくれただらう
なにを？
闇はぼくへ許してくれただらう
しかし
偽りの証拠をぼくはたてない——闇は
恐怖にみちてゐたとは

ぼくはをののきふるふのだつた
存在を　ぼくのまへにしてのみ
螢のやうにみを灼きつくしながら

どこから！
お前はここへ降りてきておくれなの
なにゆゑ！
お前のかたちが姿にみえてあらはれたの
ぼくは
一つの光ではありはしなかつたらう
ひとつの
光をもとめるしぐさにお前はより添つた
ほほゑみと
つめたい手をお前はぼくに許しておくれだ

どこから?
いまふたたびぼくは問ひはしないだらう
なにゆゑ?
くりかへしもはやぼくは尋ねないだらう
ひとつの
光は　お前だつた（お前でなしに誰?）
しらない
ぼくのこころがとうに知つてたかのやうに
ぼくへ
光を　点けておくれなのはお前だつた

言葉もなく
おたがひのなかへおたがひをかき抱いた

時間もなく
すばやい時間はおほくながれすぎさつた
夜を　闇を
季節をなくした季節がいくかへり訪うた
かなしい思ひに
よろこびよりもたいへんにふさはしくて
遠いあたりから
かすかな嘆きをおたがひに聴くらしかつた

失ふことの
おそれが　ぼくにきざしたとするなら
かぎりない
いのちを　ぼくが疑ふことがあつたなら！
ああ

償ひえないそれは悔いへの誘ひだつた
ああ
過つてぼくはお前を死なしてしまつたのだ
形骸と変つた
お前を　なんでぼくの泪がよび醒さう？

ひとへりは
白菊を　こまかい金貨ほどに浮彫らして
誰がため
白檀のほそい柩をつくつたのだらう
夜の極みへ――この柩を送れ　ひようと哭く
楽をきけ　闇がかくす千の万燈をみよ
おお！
苦痛を朱につらぬくぼくの珠数をなげて

はげしく
形骸でしかないぼくのいのちを絶たう

部屋

このエセイはぼくの詩論序説として去年の秋（九月―十月）つくられた。見せるものでないからと蔵つてゐたが、長崎で病気になられた立原道造さんが東京へかへられてお療養中のところ三月廿九日未明急逝なさつて、おもふことしきり花環に代へて捧げる。この序説につづく道造の詩をとりあげて形式と内容のエセイはいつできるかわからなくなつた。四月十一日。美しきひとあり春を雲のなか。合掌。（十四年附記）

部屋

＊

列車がすべり入つて昏くなつた午後のホオムで、クリイムを買つて乗込んだ日もあつた。三十分後あの駅につくと、一時バスのはげしい道をほど近い湯町まで歩いた。あなぐらみたいな薬師湯。門前のお地蔵の、その銅鑼がぼくを喜ばす。それから、いくども武蔵寺へ行つたものだ。枯葉に埋れた古池のなか、葉洩れ陽に静まつた緋鯉の背が、陶器の艶で今もなほ鮮かに思ひ出せる。隣県の田舎なまりを仕入れて戻つた兄はその土地の高等学校を休学してゐたのだが、小学生のぼくも手拭はかうするものだと半ズボンの腰につけてゐた。すこし前すぎたとも気づかず、それだけで充分兄と対等だつた。——あの日、寺近い丘すその可なりな堤をぼくらは巡つた。秋の堤はすつかり水を吐き、脚もとの稲村が飲みこんだと自白するかに豊かに実つてゐた。或ひは、ぼくは兄へ議論を吹きかけ、また口説いてゐただらう。小石に鼻緒を切つてうづくまつた兄の傍を、いくらか寒くなつた風に立つてゐたぼくは、対岸の寺道から汀に降りた一人の老婆をなにげなく認めた。幼児を抱いたお婆は履物を脱ぐとついそのままに二三歩脚をいれたが、あつといふ間に着物もくらず腰まで進み、子供を頭の上にかかげそれから投げるやうな揺ぶるやうな手つきで水中へ浸し、自分も拝むやうな身ぶりをつけると一瞬ぼくの視野から消えたが、再びばつたみたいに水面へ躍びあがるのを見た。兄ははだしで雑草のなかを駆け出してゐた。堤の下の庭園に建築中の別荘の大工たちが池中へなだれこみ、老婆も幼児もひきさらふと兄もぼくも置忘れて、町内へ消えたのはほんの一刻のことだつた。それは夢にたいへん近かつた。ちぐはぐな心で残つた二人の周りに夜がその最初のうすくらがりを下してくれて、すべてが夢にたいへん似つかはしい景色だつた……

お父さんと呼ばれる兄はいつか家を離れてしまつた。ぼくも今日は小学生ではない。やがて土地の高等学校を了るだらう。この九月始めの一夜、——その晩、小さな送別会を湯町のいちばん大きな新しい旅館でやつた。いま一度湯を浴びてすこしの酔を落したぼくは、旅館の門べに数人の友達と居た。いつまでも変わらないであらう湯町。風になぶられて夜目にあやしい身ぶりをつくす噴泉のやうな柳のしげみ。町なか道路の下を流るる川の取入口の瀬音、しづかな湯町だつた。あの時の恐らく別荘の横を小川に添つてのぼつて行つた。垣根でむく犬がうさんな唸り声でねめつけやがつた。邸の中からきつとこまい犬が吠え立てた。木の葉は月の光で濡れてるやうす。さつき今夜は仲秋だ、いや今年はうるふがあつてなど騒いでゐた。中天の月をにこげの雲がなんどもかすめた。なんとしたことだ、あれから、――あの老婆を兄は下手な小説の挿話につかつたものだつたが――一度も湯町へ足をいれる機会が無かったとは！　そんなとるに足らぬ感慨が異様にぼくをたのしますのは何故かしら？　たしかに、ぼくは見た、柳の下を行くぼくのひとつの姿を。昔のまんま激しいもの思ひのぼくを。――（一つの顔が、ぼくにそれを証しするではないか！）。ゆくりなくこんなぐあひ、過ぎた日を反省するなどとは。まぎらすやうにぼくは口笛を鳴らす。ウインの手袋屋の小娘が唄、王様のお召で馬車の上からハンケチを振りながらうたふ唄、そして可なり先立つ友人達の背に、おい俺の唄をうたはうかと呼びかける。「てまりこ」の花とはあぢさゐのことか、と一人がふりかへる。ちつと違ふさ、と答へながら長崎に来てゐた和蘭陀人が、日本のあぢさゐへおたきとをみな名をつけたことをふとおもつた。桜の多い庭に入り枝と枝のかげと見分けがつかなかつた。烟草はないかと一人が叫ぶと烟草はないかと皆あうむがへし、たばこは無かつた。あてなし歩くと民家の明るい座敷の前に出た。

＊

それをくりかへし想つても無駄だと知りながら、ぼくは熱病んだ床のなかにゐた。だが、一週間前の湯町の夜は、あれはぼくにとつて代へがたい夜だつた。——あの日は、前日の夕方おなじ時刻にとどいた二つの便りと、一つは海を渡つた北の異国から、一つは遠い都会の避暑地の昔ながらの宿場から、それにポケツにかくれる「愛の詩集」を取りだしては、眺めすかし、たわいない皆の雑談や碁石をぱちぱちいはす中から自分の背をひそめるやうに、すこしづつ子供が菓子を惜しむほどいくどにも分けて呑みこむのだつた。やがて華やぐ夜の座がはじまるまで。——そして、あの月の晩に教へられたことは、歳月の狂ひのないたしかな足どり。ぼくにとつても、とつぜん、ああ苦しいことばかりとなげいてゐたが今は唯、なんと満ちたりたぼくのこれまでの生涯だつたらうか。それをどう例へればよいか、なんと多くの温い手がぼくの心のまはりにのべられてゐて、と気づいておどろく。それにしても何時までもこの幸せがつづくのか知ら。ふと、いぶかしみも小さな頭をもたげ、この愉しさが息苦しくなるのだつた。昔、お母さんに送出された遠足の朝とおなじやうに、何時でも愉しみは何やらを伴ふのだ、不安に似た何か。それかあらぬか翌日からぼくは鼻をぐづつかせたり喉をからからにして、はいからな風邪の町へちよいと散歩にやらされた。

＊

日曜の朝すこしおそい食事の最中、雑誌と数枚のはがき、一つの手紙がとどいた。肉太い墨書にあやしくぼくはおびえた。お前はけつして手紙など書かぬ。――お前はたつた一枚絵はがきを春の遠い旅路からおくれだ。――切手も多くぶあつなもので、とつさに了解するとぼくは母にとがめられるのを憚り恐れながら、血のけがひいて自分ながらぎよつとした。朝の光線はまだ青あをしかつた。食事は進まず二階にもどるや封を切ると、やつぱりさうだつた。数日前のぼくの手紙が開かれてすぐそのまま戻されたのだ……

ぼくの便りは一枚の紙に湯町の月が好かつたが風邪をひいたこと、そのほかお前が敬愛するお前の叔母さんのお病気のことなど数行。同封した二つの手紙――若い一人の詩人をどんな感動をもつてお前に語つたことだつたか、かつての日一人の青年をお互に先生とよんで語らぬお互がひそかにむすばれてゐたではないか――を読んでほしかつた。こんな手段に言葉になし得ないことをも告げたかつた。あくまで、真面目に、重いものを与へる期待などなしに。ぼくら顔を見る日はあつても語る時はなかつた。ぼくはつねに思ふ、心はどのやうな空間をも超えて手をとつて語らつてゐるが、心はつひに言葉をもたない。だが、しかし、ぼくは言葉がほしい。お前のかうした拒絶のいくつかの仕草は、ぼくにははつきり理解されぼくの内にも共感するぼくが在るだけ、かへつてぼくを苦しめる一つの問ひを描かせる。そこでお前はかなしげに頬ゑみながらいくらか誇らしく。あたし達そんなわけに参りませんのよといふ。空しかつたぼくの問ひのかずかず。無意識のうちに恐れてゐた今日がたうとうやつて来た。今日、ぼくは改めてそれらをふりかへらねばならない。いかな時もお前を責めるすべはないだらう。より祈念をかたくして、それがぼくの在り方だつた。この道が虚無へ堕落しようと否定の淵へ陥らうとぼくは知らない。ただ、お前と同じ立場に止まつてをれたらね！（その為にはぼくの生活の色彩が変化し、身を殺さなくてはならぬとも甘んじて——。ああ、昨日のことだ。）

一年前のあの夜——晩秋。ほんに七年ぶりお前の家のあの座敷でお客となつた集ひのこと。あれはお互がお互の祝福であつた幼年の日のひとこぼれの光が、今にいのちをもつてゐたことだ……あれからぼくに起つた激しい毎日。ぼくの内外のこはれる物音。すべてを失つたと嘆いてゐたぼくが、すべてを償はれて余りあると知つた驚愕。——暗い陽の見えぬ軒を選んでひそみ、重い日の色あせた築港、ビイルの酔をさました終列車が発つた停車場、それらをどんなに愛しながら場末の珈琲店に、小さな神様をはぐくんでゐたことだつたか。つねづね自滅を最後の武器とひらめかすぼくが死について無恥だつたことだ、死について。死と隣れるものの名もよべずして、ひとりの少女をぼくはまた侮辱してゐたことだと、お前が苛酷に教へておくれだつた。——あの冬のみそかの夜、それまでの詩稿を躊躇なく焼き捨てたぼくは、新年の未明へかけて最初の詩をたつた一つだけうたふことができたのだつた。ぼくの生涯の最初の新年！　そんな言葉を用ゐたくもなる歓喜と忍辱のなかに新しいことしの一年が始つてゐたのだ――。

やがてぼくは謹厳にちかい生徒だつた……そのやうな自分を自分でぼくは喝采するほかはなかつた。といふのは、あまりにつらく悲しい毎日になつてゐたのだから。そればかりでなく、すぐと周囲から、非難が、嘲笑が投げられる、ぼくの転向と無気力を捕へて。しかし笑ひながら親しい友ともその限りでは袂をわかつこともできた。陽が翳るやうに喜びと苦しみが交替しつつ、ぼくはせつせと詩稿をためてゆくことができるらしかつた。まつたく自分は満ちたりてゐたらしかつたが――突然、ぼくのうたはぼくのうたでないと反省せねばならず、ほんたうの詩がうたへなくなつた自分を見出さねばならなかつた。時間！　いかなるものに関してもこれほど苛酷な証拠はないだらう。

とまれ、この夏ぼくの廿歳を祝福する、小さな貧しい詩の本が友情にあふれた姿で誕生し、少数のひと達のもとへとどけられた。愛撫に甘える気持もあつたし鞭もおそれはしなかつた。――夏の休暇が終りかけた一晩、小学校で机をならべた以来の文章の友が四人、ぼくを激励する会をもつてくれた。酒店のおくでめいめい勝手な食通をふりまはしてゐたが、お互の批判にうつぷんは爆発した。ぼくをこどもよばはりする。それは負けておくが、奴らの主張も、自己弁解も、一切合切ぼくは叩きつけた。奴らのいふ処すべて観念や趣味であつて具体的でなかつたから。それを誰も日常に生活してゐない！　皆はぼくへ逆襲する、挑戦する、モラリストを自任する偽善者奴、詩を書くことで詩を冒瀆する俗人奴。自分が誰よりも——皆が認めてやる——詩人であるのを自覚しないのか。現在の痛ましい努力は仮空の性格を空想して当てはめようとする悪しき徒労ではないか。つくづく見ててかはいさうなんだよとまで、いひ放つた者もあつた。ぼくはただ冷く笑つた。言葉もなく。だが自分の死角をつくらしい不安がなかつただらうか。今日となつて致命傷をあの時もはや受けてゐたのだと認めねばならぬのなら。しかし、あの時あくまでぼくは冷くひるまなかつた。深夜、知合つたのが嬉しいんだよと、代へがたいおやすみの挨拶に別れながら、判つてくれないのだとの思ひがむしろぼくに先立つてゐた。しかし、しかし……この六週間余がなんと青く汗ばんだ過去へ消え去つたことだらう。——ああ、悔いにみちた今日。明かにぼくは過失を犯してはゐなかつたらうか、自分に、そして最もおほきくお前に。かう自分とぼくがいひきる瞬間、あちらへ遠くお前はのがれて行つてへんによそよそしく、ぼくも手をさしのべず見すごす力ない気持に襲はれるのだ。——やつぱり自分は詩人だつた！　ぼくはぼくに過ぎなかつた、お前がお前であるやうに。かつてくりかへした小さい自分のなかで激しくたてられた大きな決意、ぼくは詩人であらう、誰よりも何よりも前に、と再び告げねばならないのだ。自分に与へられたこの存在を前にしてをののくのだ。それはそれ自らが一つの道であることしか許さない。量り知れない深淵をふちどり通じても、一切の祈念をかけてといつかの日の言葉をくりかへすほかはない。今は、つひにぼくは叫ばねばならない、もうぼくは生きるのぢやない、ぼくは生かされるのだ。いかに？　どこへ？　この対話は問はれないでほしい、言葉にするすべを知らないゆゑ。『「詩とは僕にとつてすべての「なぜ？」と「どこから？」との問ひに僕らの「いかに？」と「どこへ？」との問ひを問ふ場所であるゆゑ。僕らの言葉がその深い根底で「対話」となる唯一の場所であるゆゑ。」立原道造』

もはやぼくの生命は賭にしかすぎなくなつた、一つの試みに――。しかし、しかし……ぼくは死ぬかも知れない。この恐れがあいらしい顔をひよいと覗かせるとき、それはひどくおく深い処からやつて来る、いちばんありがたいぼくの慰めだとお前に告げてやつてもよいだらう。自分のおくでお前が滅んだ、小さいぼくとうちつれて。新しい日が別離だとこれをいふのか！

＊

それからひどく思ひつづけた日日、熱やんでからだが浮いてでもあるかのやうだつた。毎日、ぼくはお前をぼくからいびり出す。お前とお前にまつはる一切をかたくなにこばんだ時、ぼくの詩への祈念は純一になるらしかつた。旨くそれが成功したやうだつた、まつたくの失敗がぼくのなかに用意されてゐたとは予想もつかず。といふのは、毎朝、お前の顔でよびさまされ慰められる変らぬぼくではなかつたかしら。お前と逢はない朝があつたの！　ぼくらは語りはしなかつた、お互のほほゑみをはなれて交しながら。幼い時からの友達、弟たち、愛する小さい者たちと一緒だつたしすつかり安全でもあつた。そこは悲しみすら喜びとおなじく自由な表情をもつ世界だつた。ぼくらはぼくらのまま満ちたりてゐたのだつた……　朝の光がいつぱいの部屋にめざめてこれ以上なにを願はう。

日本の言葉を愛するぼくは詩人だ、そして、今は秋だ。

誰がため？――昨日は夏だつた。今日は秋だ。

不思議な響がみ空で鳴りわたる、出発のやうに。さうだ、出発のやうにとボオドレエルの歌をぼくも口誦む。――夜がくると、自然に乏しい街なかの家なのだがまるつきり一面の秋のなかを坐つてゐる風情。虫の声。風の呼吸。星あかり。ランプ。夕方だつた、三〇ワットのガスランプをもとめて帰つた。ながい間の夜ふかしから眼を害めてこの半歳、十三ワットのランプに木炭紙をかけ、読書のつづく晩は更に日除めがねを使つたのだつた。それも漸く癒えてこの青いガスランプを燈した時、なんとこの二階が明るくなつたことだらう。ぼくのお城であるこの二十畳の部屋がすみずみまで光り輝くのだ。ぼくの心の部屋までぱつと燈が点いた。さうだ、この部屋なのだ、ぼくの部屋は――。

お母さん！　この部屋へぼくはかへつて来ましたよ。ほんとにこれまで、わがまま一ぱいほつつき廻つてゐましたね。自由であることは苦しくつらいことでもあるとぼくは学んだのだ。齢ごろになると父の無い子は父をほしがるのですつて。わけてこの一年ぼくは美しい家庭ばかり眼についていけませんね。お母さん！　あなたと部屋をならべることは、顔もよく知らぬお父さんを身近くもつことでないかしら。ひよつとするとお父さんの声をあなたの部屋で聴いたり、ひよつこりお父さんと廊下で顔を合せるかも知れませんね。——ぼくがこの部屋にひつそりこもつてゐたら、お母さんはお安心なのだらう。この部屋に一人で耐へてゆけるかしら。さびしい夜があつて街へ出ないですませるだらうか。ビイルが飲みたくなつたらどうしよう。なんでもよい。どうにでもなる。この部屋が無限の空間とひろがりつらなつてゐるやうに、ぼくの部屋も無限に信頼される、ゆたかさについて、ふかさについて、どんな深淵でかぎられてゐても信頼に建てられたこの部屋へあかりはつねに在る。このあかりを浴びてぼくは坐る。

今晩は！　そら、信頼にむすばれた人達が、信頼に建てられた部屋へやつて来る。美しいお前だ——（最後に期待せねばならないの？　いぢわる！）、敬愛する詩人だ、先生だ、兄弟のやうな友だち、いとこたち、それから。悲しみをともにするため、あるいは喜びをわかつため。共にして。時間と空間を問はない、考へられるまことこれは唯一の形式なのだ、愛が形式をもつならば！

詩人であらうと決意した日から、ぼくは詩人とよばれるのをかへつて望まないだらう。今日からかなり日月を経てから、一つのテクニイクの名でよばれないで詩人だとうしろ指さされるなら、ぼくにくやしい誤解でありイロニイにちがひない。そして――。ふたたび、ぼくがこの部屋を出るとするなら。(やつて来ない光栄の日であるのか!)。誓つて、お前へむかつて征くといふことだ。迷はずに、まつすぐと、わき眼をふらず、お前へむかつて全歩速で歩いてゆくことなのだ。

お話の本抄　（十四年春—夏）

序

むかし昔、この町に、をとこの子が居つた。彼が、ひとりで、街に住んでゐた筈はない。両親もあつたわけだし顔かたちも彼とそつくりな兄弟姉妹もあつただらう。しかし、彼は孤児だつた（と、さう彼はおもひこんでゐた）。じじつ、彼がどこに家をもつてゐたか、彼の家族がどんな生業で世を過してゐたか、誰も知つてはゐなかつたやうだ。それから、何時か男の子のすがたが、街から見えなくなつたのにも、いつかう誰もきづかなかつたらしい。まつたく、男の子のなかには、どこから来て、どこへ去つていつたか、まるつきり見当がつかない、風の子みたいに、ふと思ひがけない日、ふしぎな処で、ひとの心のふところを、つめたい手で濡してゆくといふ、をかしな奴が、どこの国のどこの町にも、一人ふたりは、ちよいちよい在るやうだ。さういふ男の子で、彼はあつたらしい。

晴れた日の夕方なら、寒く乾いた季節であらうと、炎熱の消えのこつたじぶんにしろ、きまつて、この街を南から北へ、海に注ぐ河のあたりで、立ちつくす彼の背に、通行人はせはしい瞳を投げたことだ。緑色の小魚の鰭がひらめく、小波の白い水面をか、或いは、対岸にならぶ異国風で、都雅な建築にか、落日のかげが濃く淡く、あかねから紫紺に移つてゆく西空をか、いつたい何を、彼はみほうけてゐたのかしらん。また、雨の日には、かうなのだ。ほんに僅かばかりのぜにをにぎると、橋のたもとの茶館にぶゑんりよな時間をすごして、大川づらをうつ雨つぶ、対岸の森なか、市民堂の尖塔をながす白い雨あしを、モツアルトの旋律に比べて、心のなかで数へてゐたのだ。また、冬ならば、この町で、もつとも古く、大きなお寺のくり、煤けた炉ばたにだまりこくつて、膝をたてた彼の姿が見られたこともあつた。

　さうして、どこででも、誰彼もが、男の子を相手にしなかつた。つらくもしなかつた。当然のことのやうに、彼は、たいへんお話が上手だつたのだが、皆、彼の声を聴かなかつた。短い鉛筆と、胸ポケツにのぞいた豆手帳が、彼のお話をあきもせず、忘れもせずに、聴いてゐた。

　彼は、たいへん、お話が上手であつたのだが――。

春

乗馬の好きな少年に

この道を　去年もぼくは歩いた　をとどしも
椿はあかく黄く　光をはぢらひ葉はあつく
何やら　あつたかい香ひに　しみわたつてて

この道は　雑林ぬけると　丘　水仙と
ヒヤシンスの村　青空に　風がはためく町よ
池　兵士の墓地　古風な城跡　パノラマの国

この道を　明年ぼくは歩かない　また　次の年に
椿はあかく黄く　葉はつやつやにこんもりと
しかし誰かが見るだらう聴くだらう　光のなかを

この道につづく空を　あれ　あの丘を越えて
それは何？　繰返しかへり　また駈けゆく
一つの方位へ　ひしめきながら　ギヤロップもたかく

蝶のメエルヘン

安河内剛に（十六年三月に死んだ！）

ぼくにいまなほ何があるといふのだらう！
――こどもはよくつぶやいて居たものだ
お父さんは知らないどこかへ行つた
お母さんは死んで見られなくなつた

こどもがひとり高く広い部屋にをつた
小さい床の眠りはじゆうぶんにあつたかかつた
いつでも夢がふところを許してくれたものだから
猫やトランプやようかんやパイも遊びに来たのだから

それからこどもはひどい熱で病気になつた
雪がひらひらてふてふに見えて部屋を舞うてゐた
それで子供は父をきつとみつけたと信じこむのだ
壁にうつつたじぶんの顔とも知らないので

黄いてふてふが一ぴき窓からとびたつたあと
つめたくなつてこどものからだは在つた
小犬を埋めるかのやうにひとびとが唄ひながら
笑ひながらあかるい径《こみち》をあるいて行つた

りんちやうの香も酸くきなくおそうて来たとき
やつぱりここは天国らしいわと人々は囁いたり
鉛筆で詩人はこつそり白いしへかきつけた――
いちばんおしまひ何をこどもはみたことだらう

夜の歌

ヘッセの小説（Gertrudo）によせて

ばつたりと枕べに　本をとりおとす
諦めに美しい生涯をもつた音楽家の物語――
ランプの紐をひく　窓の明りがのぞく
ぼくは眼をつむるだらう

残りのわづかな思ひを　何に費すか？
それを按配するやうにゆつたり腕をくむ
もはや委ねられた運命のなかへ行かう
誰かがぼくを叫ぶ　不幸な音楽家の声で

近づくものがためらひがちに形象をリズムに
時間をメロディ場所をハルモニと変じて
ああ　一日の甘いくりかへしだ……

望めて得られない天才を　生れながらに
ぼくは限りなくゆたかな音楽家……
自由に魂がたかまり放たれた――眠りだ！

環水荘

小学校よりの友、キンペイ君に

日曜ごとにこの邸のガアデンにつどつて、おべんたうを開いたものだつたが、いくどか、国民的老詩人にお逢ひしたことがあつた。午前、陽のみちた芝生をポオチの方からやつて来られて、悪漢ゴッコに勢揃ひした僕らを、あつたかくぎろりと光る眼で見渡されたり、夕暮、僕の膝から画板をとりあげ、ゆうかり樹をうつした池水の色をためされたりした。一日が娯しく満ちたりて終る時、意地悪く思ひがけない眼に逢ふことがあつた。がんぜなく泣き喚く犠牲者を大勢の前につき出した村童達が、棒ぎれを立てて、空気銃の弾丸を放つたではないかと、街への帰途をねらつて、島と村をつなぐながい陸橋のたもとに屯してゐた。空気銃をよこせと云ふのだつた。さういふ時に、一番勇敢だつたのは、ランニングと射撃の旨い従姉だつた。彼女が先頭になつて、村童達のなかに細道をつくり、ずんずん通りぬけるので、さすが村賊も策のほどこし方がなかつた。さうして、僕らを古びた小駅のホオムで見送ると、悪びれずにまた彼女は弟の手をとつて、村道を歩いて邸へ戻つたのだ。……今日、島の周囲を鉄条網がめぐり、邸のポオチも鎧扉も釘づけになり、ベランダも楓とつつじの中に、つたを纏ひながら崩れかけてゐた。萱ぶきの高屋根と朱瓦の棟は、いよいよに寂びてはゐたけれど、苺畑は雑草のなかに消え、鶏舎も山羊小屋も壊されて了つたし、梨畑も開かれたのは、バラックの工場でも建つのではないだらうか。もう、それを惜しむばつかりに、僕らは幼くはないのだが。しかし、一切の生物は、藪は、昆虫は、季節を存分に、生命に満たしてゐる。

島にいすぱにあ風の館
ゆうかりの樹
くすのき　かなめのき
いつせいに金の若葉がきらきら鳴つた

島をめぐつていつぱいの池
池へ　日なが夜どほし
水が　五月の水が
らんらんらんと走りこんだ

芝草にまろんで寝起のやうに
ああ　見まはすと
何と　うれしくたのしいことばかりに

と　冷いぼくの額のうへを
風がぬらして　ひつそり告げていつた
青空があるだらう！　お前はいらない……

田舎

都に移住んだある女友達に

ぼくの故郷を　問はないでおくれ　川だ
畑だ　森だ　ランプの点いた家――
夜の中たつた一つの光が　ああ　なんと明るいことか
ぼくに見える……ぼくにだけつよく……

あの日のことも　聞かないでおくれ　父母の名を
誰も　ぼくには　告げてはいけない
追放されたのかつて？　ああ　なんといふことか
神様だけが　それとお存知だからね……

みんな！　だまつて静かにしづかに――時間だ！

天《そら》が　水いろのマントを　ためらひがちに
沈めるてぶりで　ぼくの肩から投げかけるのだ
汚れたからだなら　熱がほろぼせ！
今晩しかし　ぼくは見るのだ――田舎の家で
ランプを点けるあの腕を！　帰りはしないかと……

七月の日のうた

鳥井平一に

まだあつたまらない部屋で　耳なれた
ヂプシイソングがしづかに弦を鳴らしてゐた
ひと少い午前のとある喫茶店　テエブルに

置いた大きなぼくの麦藁帽　色あせた紅リボンに

扇風機の風が乾いておだやかだつた　何を
田舎へ帰る友達とぼくは語つてゐたことか
おびただしいおしやべりに　何と自分を
放ちながら悔いもなく愉しかつたことか——

はすかひの隅から黒い麦藁帽のやさしく冷いふかい瞳
意味もなくゆきちがふと　ああ　ぼくは満ちたりるのだ！

聴きほれて友達にするあつい眼ざしの頬を
リンネルの腕が支へて　ああ　ぼくは見るのだ！

知らない　さうして　もう逢へない約束が

ぼくを堅信へたかめたことだ！――七月のとある日に……

夜の想ひ

躊躇もなしに悔恨もなく河面に
銀の小匙がきらきら沈んでは浮いてゐた
凭れかかつたてすりから乗出すやうに
甘くにがい誘惑とぼくは闘ひつづけながら……

川べりの黒い森に眠りの妖精は居るのだらう
あの破風の明るい窓に少女の眠りがあるだらう
さうして不信と裏切りの胸をむしりながら
何時までおしやべりな小波と対話をすることか？

美しいひとは。自分で奪はれていつたのだ。
すべての日の終りに。始めに。

無花果（拾遺）

無花果

八月三日。あさ、ある婦人のをば、一人の若い母は亡くなつた。と、人伝てに聴いた。
午前、家の庭に雨が来て晴れたら、はやく秋立つらしい空模様……

立つておいでだつたお縁から静かに
降りていらした　あなた
あの日は……
七つ手に刻まれたひろい葉を白く
風が翻へして過ぎるやうに
あの日は……
ぼくらが小犬と遊んだ庭隅にも落ちてゐた

蕊がかたい青い実のやうに
さだまらないで　熟さないで
約束を残してゐたことだ！
今日　あなたは
あなたの若すぎた生を一人の幼児と戦地の夫と
あなたが許したひとへ分つてゆかれた！
今日　無花果の庭で
無花果の樹と続けられる対話の時間
あなたの微笑の向ふ無花果の花のおく深い処に
あなたが名と今一つの名を録しておかう……
ぼくら　あなたの庭・無花果の樹かげに
小犬のため四つの瞳を燃えさせたあの幼年の日が
今日　熟したことの形見に！　と

無花果

造筑紫観世音寺別当沙彌満誓歌一首
鳥総立足柄山爾船木伐樹爾伐帰都安多良船材乎

真白い皿のうへに
いちぢく二つ
ぼくと友達の間におかれた夜はお茶をのみ
よく笑つたし明るく話したりして
一人になつたとき
星を仰いで
雑草の露をはらつて急ぎながら
虫に応へてふと一つのよびなを喚んだ——
おぼえてゐた忘れてはゐなかつた一つのよびな

この夜　華やかな喜びのなかを脱けて
よびなは星にたよつて虫の宿へいそいでゐた……

未刊詩篇

泉

この泉にきて掬《く》まう
甘いあぢもする
酸つぱいあぢもする
　いろいろのあぢがする
汗ばんだ額を　そつとつけよう
水の面に
　あのころの幼い顔もうつらう

ああ　すべての「時」が
この泉によみがへり
すべての「生」が
この泉ゆゑにたのしい

この泉にきて掬まう
　このほとりにねむらう
この泉、「忘却」は
いつも　音楽のやうにあふれてゐる。

黄　蝶

黒潮のたうたうたる
終夜、諧音をうたひたれど
大光輪ほのぼの靄のあけゆき
岩崖のはだ、いま赫赫
蜜柑の傾斜、緑藍のいろゆたか
　たかくまひ、まひあがる
　まひあがり
　ただひとり、黄蝶は海にいでぬ

黒潮はたうたうと流れ

南方の愛信は、
黒潮にのりてきたるにや
　しらず、しらず
かよはきつばさ、芳醇の香にゑひ、
　鱗粉は陽にもえちり
黄蝶はまひあがり、まひあがる。

転住

イヴオンヌ、そなたをつれ
南方の村に、空翔けてゆかうとおもふ。
この焼爛れた穹窿の底に　ちぢこまり
夜息吐く　幾千のひとびとの街、
騒音すら、塵埃すら、ここでは疲れすぎてゐる。
土の品を　失ひはてた鋪道に仰げば
ただ一つ瞳をみちびく　あの星のもと、
村あれば、ひとびとも居よう
濶葉樹の林、唐芋の畑、すべて黄金の光波《エーテル》に揺られ、
大気が鮮新であれば、豊明であれば

昆虫の遁走曲、睡蓮の開花熱の囁き、青鷺の脚踏、
すべてポエヂイでないものはない。
珈琲店《カフエ》の鎧扉のかげ　鉢植ゑの狐の手套《ヂギタリス》、
イヴオンヌ、それがそなたの姿なのだ。
六月、南方の村へ
転住しようではないか。

疎林の円卓

疎林の円卓は
もう朽ちて傾いてしまつた。
うつつとなく頬ついて
みるともなく眺めやる　湖は
蒼黒に湛へてありなしの靄が
鈍色に澱んでゐる。
羊歯の葉そよぐ音のして
　そなた――かと顙をめぐらすと
風のみわが心を透いてとほつた。
季節もはてるのであらう　わがさだめを

託《か》けてきた南の涯すら
翳りゆく疎林の午後なれば
そなた――とむる詮《すべ》もないか。
疎林の円卓は
もう朽ちて傾いてしまつた。

勲　章

こどもの勲章がさいた　さいた――
金メッキでも　鉛じゃ厭《あ》くもんだ
菊花《はな》いっとう章　白菊の冠《くわん》
菊花にとう章　黄菊の冠

こどもの勲章をつんだ　つんだ――
お祖父《ぢい》さんに発見《めつか》ると　たいへんだ
一二《おいちに》、三四　なかよし　いっとう章
一二、三四　なかよし　にとう章

あんなこともあつた！　千里のひと
また　秋を菊　咲いた
（青春の老齢を嘆いてゐる、僕）

こんなにもあらうか！　故郷のひと
あなたの娘《こ》　菊飾つた
（残夢の中からもすなほに、僕）

樹 樹

樹樹《きぎ》を風は遅滞《よどみ》なく透いてゆくから
なほ亡《う》せた小鳥たちもたちもどるらしかつた
枝枝《えだえだ》は堅固《がつしり》と日月のあとを組んで
葉隈《はかげ》のやうに鮮かな小鳥の翼打《はばたき》となつた
梢　梢《こずゑこずゑ》に一枚の青空は点晴《てんせい》された——
小鳥のよび騒ぎたつた瑞瑞《みづみづ》しい寂静《しじま》だつた
明るい午後だつたから、紫烟に沈黙を薫《くゆら》す
そんな老先生の横顔に　幼い生徒は
いまさらめいて驚きかへすのだ
（老人は詩人とよばれてゐた……）

こをろ詩篇

小さい嵐

小さい……　しかし美しい嵐は
了つたのだ　――晴れた日の午前
晩春のなまあつたかい街を　あをく
とほい山波の方へぬけて

乱されたものは　何一つ
残されてゐやしない　――誰が
心ふるへながら見送つたことか

ふたたび　風景は無縁だ！

屋上をひくくアド・バルン　地面を
およぐあの影で　ぼくは在りたい
――たやすく　うごく……

建築の白い陽ざしのあはひに
ぼくは見た！――　あめ色の蝶のかたちを
やがて近い嵐を約束するやうに

野薊花と詩人のうた

ひさしくぼくが憧れてをつたのは
お前なのだつたかしら！
た折らうとさしのばすと　ひそかに
お前の呼吸のはげしさはすくませてしまふのね

しるひととてない悔恨の海を　疲労の波を
耐へながら流れついた　この野辺に
きよらかの王冠！　誰が
お前をかづくことをゆるされたのだらうね

あせばむ風をゆあみする明るい日　お前の
はだよ　草いきれはげしくむせかへるとき
空間はつひに夢よりほか何を容れしめる？

わかいお前、と　なげきのはて　せつない
ぼくの過失に　うつくしい顔はすべて母か！
きえてゆく時間を許しておくれ　こ紫の花よ

船

小学校からの一人の友達に

いつの日　どんな港だつたかしらん
　それはたいへん大川に似てゐたんだが
何をぼくは描かうとしてゐたのだつたか
　確かにぼくは画家であるらしかつた
あの時　ああ　ぼくは船をみたのだ
　船を！　たつた一隻の船はひつそりと
漂ふやうにのぼつて来たんだつたが

マストもないしケビンも見えはしなかつた
まるで石炭の山が浮いてくるさまに
によつきりと真黒な煙突が一本見えてゐたつけ
病気のやうにかすれた烟をながすその煙突に
チヨオクの文字があつた――ウンメイ　と
いつの日　どんな港だつたかしらん
確かにぼくは画家であるらしかつたが

晴れた日のピアノ

「少年少女」といふ絵本のおくに

母を亡くしてからのこと　少女が
ピアノにつく日がすくなくなつたのは
今日　スケルツオ・ショパンの曲を
思ひいれたまろい指が語らつてゐた

ついこの間　父をうしなつた少年は
何故に　母をうとみ始めてゐるんだらう
音楽とは……時間とは……とりとめない
つめたい思考は　からのコップをくるくる廻はす

明るくはげしく　一面に　罌粟の庭
涼しくうつとり広間をひらく一枚の窓
この地上でふしぎな愛はあるのだらうか？

その声を聴かない信じないのはただ二人だ
ピアノの肩がくづれないいまへ　少年はおらぶ
につこりと——ずいぶん旨くなつたね！　ほんと……

アネモネ

プウシキン伝の青い扉に

森かげにお前をおぼえたは何時だつたか
どの国の言葉を囁くやさしい時間に？
お前は決してひとりで在りはしなかつた
何と太陽はをしみなく与へたのだらう
それを——どんな日だつたとお前はいふの？
まるつきりぼくが知らなかつたとは！
お前をさうして何処にでもぼくはみつけた

ピアノの上に　タブロオのなかに
あでやかに心よわくかしげながら　確かと
お前は保つておいでだ——どんなにぼくが讃へようと！

一つのめざめ

五月の終りにちかいある朝あけ、枕もとに
「愛と美について」が投げすててあつた……

ゆうべ　あの橋ぎはで
虫うりのわびしい螢よ　どこぞにきえてた？
夜ふけ　胸ふたいだ
やさしくかなしい物語は　どこへ行つた？

あれはやつぱり夢であつたのかしらん
宙を舞つてたぼくは螢だつたの！
つらいことばつかりと諦めながら
物語のなかにうつとりすまして居つたぼくだ！

眼ざめようね！　ああ　ぼくに悲しみの朝が来た
めざめてはいけない！　ながく朝のまどろみはあれ
陽はぎらぎらと一ぱいに
部屋は空に舞ひあがるらしく

詩人と死

夜だ。すべてのものへ一様の運命せまる。闇だ。のがれるものは急げ。ゆくものは止らずあれ。さうして。ぼくだ残つたものはぼくだ。恐れないか。こはくはないか。何を。風がすぎる。地の声がする。ぼく一人だ。樹木がいつせいに揺れる。闇のなかで。大地が傾く。ぼくの足もとから。ふるへながら。しかし。そこに居るのは誰だ。お前は。まるで。ぼくの汚れと傷をみておびえたかに。おそれて近づけないかのやうに。何がお前をひきとめて奪へないの。すすんで美しいものが。お前のうちに在ると。知らないお前はかあいさうだね。夜がかくす音楽を。花やぐ祭のどよめきをお聴き。ぼくがお前を呼ぶ日まで。お前はぼくを数へ得ない。どんなに身悶えようと。残酷にしかお前をぼくは愛さない。だが。ぼくは。出立へかからう。お前を甘やかすのでなく。美しいひとは。自分で奪はれていつたのだ。すべての日の終りに。始めに。やがて。眠りのいちばん深い眠りをねむる時。眼のそとを朝あけ。薔薇色の朝だ。

夏野のうた

お前の腕いつぱいに　夏の草花
惜しげもなくまいて行くお前の道が白い……
　空のあを　野のあを
　とほい海の青

散らされた花を
あつめるぼくで　在りはしない
わづかと風が吹く　くれなゐ　みづ色
おこん花　何とした遊びだらうか

明るいあかるい　ああ　まつぴるま
お前が歩むはこの道でありはしなかつた……
　空のあを　野のあを　とほい海の青

戻らないお前に悔がなく
みたされない願ひで　ああ　僕はみた
空いつぱいに　はな色のお前の瞳！

誕生日に贈りて

睦月空さむくつめたし
土くろくろと冴えたり
花一つきなく咲きいづ
勁くさやけし

三月

水しらみ陽うらら
わが心をもとめず
桃花は水にこぼるるを知るや

相聞歌

子等よ　二つない生命は
ただ一途に鋼線の柔軟をたもつて征け　と
至上の声を聴いたとき
ぼく達は新しい世代へ跳躍の姿勢に立つた

同伴する同志よ
すばやく肩と胸を重ねて一個の落体であつたが
孤独にひそむ悪霊奴は
海底へ沈めてぼく達は飛翔し始めてゐた

美しい四肢をからみ
塔状雲より高くあをく双翼を輝かしながら
地平に溢れやまない
大鵬の雛達を先導しぼく達はなほ中間者だつた

太陽が栄える時
お前の童顔は葡萄のやうにみづみづしい精神をたたへ
空間を内包する
ぼくの圧力は月色のお前の乳房に草花より優しかつた

やがて戦列へ進め
愚劣の征矢を防ぐお前は友情の銃架だつた
暗黒を掃射しつつ
ぼくの理性は四囲を木の葉のやうに明るく散らす

静穏の日だとて
ぼく達の抱擁はまた正しい営為ではなかつたか
お前は克服しぼくは確保し
白虹は唯一ぼく達に与へられあたかも月桂冠に見えた

かうして歳月は
容赦なく試練をくり返しぼく達をさらに彫刻し
ぼく達は兄弟姉妹
戦士であり天使また理性と友情の比翼鳥だつた

かの雛達は老死する
功績をしるす剥製の羽毛はひらひら深海を消えた
なほ光年を数へてから

青い双翼も堕落するであらう殞星のそのやうに

山嶺に跪坐して
お前とぼくの間もう対話すら必要ではなかつた
この枯木の腕を
幼いお前の切髪に敷いてお休みぼく達は永遠を眠らう

腐土と還つた時
ぼく達の遺蹟新しい耕土から民族は再び芽生えて
やがて高い梢から
至上の声が眠りの子等を戦列へ呼ぶだらう呼ぶだらう

祝ぎ歌

金木犀を愛づるひとに

この花の日に生《あ》れにしきみは
この月を　かさねむかへて
花の枝たづさへに海をわたりて彼の国に
なにを生《う》みたまふや　うれし

新しい歌

ひさしく飢渇はぼく等を脅かして
冬眠の悪夢に四肢も萎えはててゐたが
白日に醒めて立つと Alkali 地帯は海盤車《ひとで》のやうで
黄金の豊饒はぼく等を誘惑し約束させる……

かつて国土を流水から防衛した愛智は
建設のため氾濫を誘導することだらう
やがて湿地の闇に雑草の白い花をしるとき
Cultivator Reaper の青い刃を愛撫するぼく等

太陽はぼく等の祖父にして慈母また永遠の時鐘
第一太陽日を勤労のしるし緑の旗日で呼ばう
さうしてぼく等のしやつの乾いて白檀のやうに
若き動脈は滴り一粒の麦の力ある一粒と凝るだらう

新しい歌

故い歌をやしなはず
むかしのひとは枯れてしまつた
この日
この原野をえらんで
耕土をおこす者は
新しい一茎を育種するであらう
頭へかむるを好まず
肌を濡す布をまとはず
耳にむかしの聲をきかず
なきひとの名はよばはず

この時
行為しつつ在つて
新しい歌を育種するであらう

（わたしは梅雨にぬれて歩きます…）

わたしは梅雨にぬれて歩きます
公園の夜をひとりで
わたしの肩に柳がたれる
優しいひとの手のやうに
わたしは苦しくあへぎます
喜びにふるへながら
わたしは泪をながします

この濠を溢れるほど
わたしは胸をかきいだく
正しかつた　あなたが……
わたしは祈ります
あなたを祈ります

生活正義

1

愚かなひとびとに石を投げるな。
頼りにならぬ群をもう頼るまい。
まだ生れない者の声を聴くとき、
私達のいのちは喜びと希望に燃える。
青年よ、若い婦人よ、
私達は明日を生み創る者なのだ。
聴えない声を聴き、見えない姿を見、
正しく美しい世界の来らんことを信ず。
たとへ昨日の陽は沈んだままに暗く、明日の花々の色彩はまだ明かでないが、私達のこの心とからだは旗だ、糧だ、新しい生活は第一歩を踏み鳴らしてゐる。

2

青年よ、お前の腕は逞しいか、
闇を払つて光を築くほどに！
お前の両肩は同胞と運命を担つて
波濤を渡つて歩くことができるか！
青年よ、お前がいま闘つてゐる
倒さねばならぬ敵は眼に見える奴ではない、
お前の生活を汚す卑屈だ、怯懦だ自棄だ、
恐るべき第五列は潜入せんとしてゐる。
青年よ、お前の戦列を持場を離れるな！

無数の同胞の生命を保証してゐる
お前の日々の生活に新しい秩序は生れて来る。
祖国の正義にむかつて征け！

3

きみ達は知つてゐるか。きみ達ほどに
美しい花や溢れるばかりの歌があらうか！
どんな機械、どのやうな芸術だとて
きみ達ほどに精巧でもなく繊細ではないことを。
きみ達は知つてゐるか。きみ達を背後にして
若い男達はまつしぐら死地へ乗込んでいつた！
まるであの不遜な敵の向う側から

きみ達が呼び待つてゐて、喜ばしく再会するかのやうに。
きみ達は知つてゐるか。きみ達の心とからだが明るく愉し
い生活も明日への希望も生みだすことを。
まして男達は惜しみなくいのちを賭けるだらう。
きみ達は創れ、明日を嗣ぐ美しい男を勁い娘を！

鳥

○白雨先生に。「ボートの三人男」といふ先生の立派な訳業を頂いてお返し。

翔けあがつた鳥は
いつか古巣に降りてみるのです
その狭く固い床のうへの日
息つくために歌ひはじめたことでした
ああ　歌は摺り餌のやうに口移しで
いろはのいの字から見知らぬｘｙｚまで

養ひの親がどうして忘れられませう
それで鳥は明るい空を憧れて飛ぶのです

○「人々は（彼）を理解するずつと以前から彼を説明し去らうとしたのです。あらゆる創造的な人物と同じやうに創作することを欲しながらでき得ない幾万の人の為に苦しんだのです。この型の無意識な羨望はそれ自身『批評的規準』に変装します。そしてその攻撃はいつも本質的に創造的な、独創的な芸術家に向けられるのです。」オルディングトン

かよわい鳥なのです
やうやく飛べるほどの若い雛です
雲のやうに高くはありません
雲を憧れて飛びたつてゐながら

鳴騒ぐうるさい一羽でした
口先ばかりが達者な奴め

雲は流れるながれる
鳥は小さくなり消えてしまつた

○おなじ枝になきつつをりしほととぎすこゑはかはらぬものとしらずや（和泉式部日記）

わたしは鳥
もう一羽の鳥によびかける

日が暮れるまで
羽がくたびれるまで飛んでゐようよ

わたしは鳥
もう一羽の鳥がよびかける
夜が明けるまで
羽が休まるときまで翔けてゐませう

花火

小さな唇もとを忍び、花火は胸うちに埋まつた。菊花を燭し、勲章のやうに吊つてある。やがて夜葦の戦ぎに紛れて、ひそかに鳴り始むるだらう。

（薔薇のマントを纏つた少年達が…）

薔薇のマントを纏つた少年達が
噴水のリボンを結んだ少女達とさざめきながら
公園の日向でおひらきにしてゐます。

光線がまばゆくて愉しい声も緑蔭のなかに
吸はれていつて
誰にも見えない　私にも見えやしない

一つの鍵を廻さなければ　青春を
悪魔に売つた詩人ばかりに
神様のお許しの出た一つの鍵を

春日

花蔭のおほい径を踏んでゐた
虫や鳥がざわめいてのどかだつた
呼吸を合せたやうに息をのんで
肩を並べてのやうにひとり歩いてゐた

葉洩れ陽が地面に花絡をひき
空気にからだが溶けてしまふほど
すべてが満ち溢れて欠けてはゐなかつた
誰かと腕を組んでのやうにひつそり歩いてゐた

空は青くあたたかい光の径
緑の立木へつづく記憶の径
身軽く辿りながらふと躓いた時――

ああ　あの日だつたと意味もなくつぶやいたほど
心ばかりを雲のやうに重く漂はすと
光のあぶくのやうにからだは消えていつた

Ⅱ　小説

十二月

存在をまへにしてのみ
螢のやうにみを灼きつくしながら（柩）

「紅《くれなゐ》の山がきみの肩の上。」

　ポケツから取出した広告の裏に書いてみた。お茶を喫つた後だつた。高校三年生の太郎はペンシルに紙片をつけて二つちがひの女友達である利子に返すともう一本袋からそつと煙草を抜いた。

「戴いていいの。」

　利子は一日の快い疲労にすつかり両肩を落してしまつて、手製の黒いビイズのバツグを開けたりなどしてゐたが、その紙片の両面をためし見て黒い瞳をあげた。ものを云ふと唇もとに片ゑくぼができた。

「旨いだらう。」と、どうかするとこの頃、太郎はひよいとこんな口の利き方をした。一方、利子があんたと呼捨ててびくびくさせられながら。二人きりの時だつたが――。

「さうでもないわよ。」

　応酬ほどになく、ちよつと感心してゐるらしい彼女の顔を、いつも自信ありげな相手だけに、太郎は妙に愉しい気持で眺めた。たいていの小説を採りあげては軽い揶揄とともに投出す彼女だつた。一句の着想が彼女を対象としたものであつたことすら、迂闊なことに彼女は見逃してゐた。彼女は大きく開いたバツグのなかへ紙片とペンシルを投げいれた。

　電車に乗つた安永一を二人して見送ると、申合せたやうにこの喫茶店の二階を選んだ。どうして利子が恋人である安永を放すのかわからなかつたが、彼の前ではまるで彼女の分身ででもあるかのやうに振舞ふ太郎だつた。利子は安永との間に太郎を介在させて、それを恋人への愛情の保証のやうに自分を納得させてゐたのだらうか。さうした太郎と利子は、どうかすると他人眼に怪しまれるほど親密を現してゐることを、お互にまるで意識してはゐなかつた。

十一月三日、明治節の晩のことだ。

安永が来春は大学を卒業するのだから年の内にでも一度三人で遠足しようと云ふ彼の発案を、太郎が利子に伝へると彼女はすつかり乗気になつてこの祭日が選ばれてゐた。太郎の学校の都合があつたから天神町のデパートにある福岡駅に落合つたのは十一時を過ぎてゐた。それでピクニツク日和にすし詰だつた電車の明るい車窓に悲鳴をあげるなどして、三人が太宰府に降りたのは正午に近かつた。利子を休ませたりまたせき立ててなど、五〇〇米余の宝満山頂に辿りついたのは、夕刻の靄が脚もとの太宰府の神苑や炭坑地の谷間を漂ひ始めた時分だつた。紅葉を愛でる余裕や充分な休憩の時間もなかつた。走るやうに降りながら再び山麓にほど近い薄原のなかだつたが利子を立たしめた情景。太郎の描いた一枚の絵がその夜の一句だつたのだ。その日、明るい緑のスウエターに焦茶色のタイツで、このやうな彼女を知合つてから始めて眺めるやうに太郎は驚いてゐた。艶つぽいほど生気に溢れた血色。そして大学生のなかでもとりわけ身装の正しい安永は、いつもさうするやうに彼女へ冷淡な態度を崩さなかつた。靴など履いてくると、齢よりませて感じられる太郎。かうした三人の行楽の終りだつた。……

利子は匙をたてて空になつた紅茶碗など弄つてゐた。喫茶室の乏しいシヤンデリアのもとでは空気の汚濁が浸みてくるのだ。いつか太郎は自分の倦怠のなかにひきこまれてゐたのに、軽く途迷うて彼女へ言葉をかけた。

「家《うち》でご飯にする?」

「ええ、帰りませうか。」

勘定は利子が払つた。この頃かうしたことで太郎は抗はなかつた。

「疲れたでせう、あたし、やつぱり疲れたわ。はやくお休みなさい。」

「お休み。」

喫茶店と交叉点を斜向ひにはさんだ例のデパートの前だつた。失敬と彼は手をあげた。彼女は背を心持まるくかがめて、すこしカアルした髪をみだして改札口へ小走りに急いだ。見送るとなく立止つてゐた彼は、ホオムから彼女のあげた手に再び応へると、くるりと蝙蝠のやうに大きな身体を翻して彼もまた足早に歩きはじめた。疲労が、神経の弛緩がどつと襲つた。――

太郎はあまり空腹も感じなかつたし一人になつた気分にこつこつ歩調を合せてゐたら、徐々につくられた意識がまづ働き始めると、こつんと一つの疑問にぶつつかつた。それがまるで安永の端正すぎる顔立ちへ向つてであるかのやうに。いつたい彼は、利子をどう考へどう扱つてゐるのであらうか。太郎は大人であるらしいこの二人の交際がいつかう理解できないものに見えてきて、二人の間に介在してゐるとふしぎな焦燥をおぼえるやうになつたこの頃だつた。世間の恋人達と云ふものは二人きりのときどんな会話や身ぶりをするのだらう。利子が感じ考へてゐるやうに安永は感じ考へるのだらうか――。先刻、神苑にほど近い平坦な道まで戻りついた時のことだつた。もう急ぐこともなかつたので、お互とりとめのないことをしやべつて歩いてゐた。学校に倦怠を覚えて苦しんでゐる太郎が、卒業の間近な安永を一途に羨望してゐると、突然、

「俺は幸福なんだぜ。これが幸福なんだ。学生生活に未練がないほど、泪が出るほど幸福なんだぜ。」

安永のその口調は何物かへぶつかかるほど激しく、いつたい誰にむかつて云つてゐるのかわからないほど、遠い一点を充血した眼で凝視しながら声高に吐

出した。ほとんど酩酊した者の喚声のやうだつた。太郎は茫然としたほど相手の恍惚とした横顔に眼を奪はれた。

「それはいい。さうか、いいな！」

と、安永の腕をとると跳ねるやうに二人して歩きだしながらちらつと後れてくる利子の無表情な白い顔を、感動をすこしも現してゐない放心したやうに疲労しきつたその顔を、うかがつたそんな太郎だつたが。

ふと、その場面が言葉がすべての情況が鮮かに甦つたのである。そしてその彼女のことだが、今日まで年齢から云つても精神的な意味からしても、年長者としてのみ仰いでゐたらしい具島利子といふ女性について、子供つぽいほど晴れがましかつた彼女のその一日の態度を自然に考へあはせてゐると自分の彼女への評価が、自分のなかでの彼女の在り方が足場を揺がし、自分と同じ水準をともすれば降つてゆかうとするのに驚いたのだつた。

「いつたい、何を考へはじめようとする！」

再び太郎は安永や利子を羨望し感歎する側にゐた。彼等の間には到底入り得ないのだと云ふ観念の位置に、安堵とともに自分を縛りつけたのである。

それにしてもこのやうな反問が消えのこるのだつた。たとへば自分と安永一とは全く対等な筈であらうと思ふ。しかし自分がやうやく高校生活を終る時、彼は一箇の社会人の資格を得るに違ひない。或いは具島利子といふ存在の前に置かれた時、もう自分達は対等ではないのだ。これが事実と云ふものなのか。事実が決定的なのか。夕刻、思ひがけない昂奮に誘つた幸福と云ふ言葉はどのやうな事実から生れてくるのだらうか。——突然、太郎は胸を締木に懸けられたやうな苦痛で、内部をゆがめて身悶えせねばならなかつた。利子につき纏うたり安永の地位を考へたがる意識は、さらにその閾《しきみ》の奥にいま一つ隠れてゐた意識のために過ぎなかつたのだから。窮鳥はつひに猟人の懐へ脱れてあへない最後を遂げるほかはなかつた。

清香！　このおない齢の娘の名は、たちどころに彼の苦痛と悲哀を伴ふて来るのだ。さうして彼は彼女の母へむかつて無駄な抵抗を繰返しつづけねばならなかつた。

この一日の行楽が太郎に与へたものは、この時徐々にかたちづくられてゐたただもう身動きのできないほどの深い疲労、泪の一ぱいに滲んでくる疲労ばかりだつた。

○

山崎太郎が利子や安永と知合つたのはほとんど同時だつたが、全く別な機会をもつてであつた。また清香と精神的な交渉をもつやうになつたのも同じその時分だつた。
一と太郎の交友はこの正月のある夜、中洲のあるおでんやに始つた。酒席を隣合つてゐたためである。土地の高校の理科クラスの先輩後輩だとわかつたことや、酔つた一が高声に友達と文学談にふけつてゐたので、文学少年の太郎を容易に結びつけた。
「まだあげ初《そ》めし前髪《まへがみ》の
林檎のもとに見えしとき
前にさしたる花櫛《はなぐし》の
花ある君と思ひけり」
「わがこころなきためいきの
その髪の毛にかかるとき
たのしき恋の盃《さかづき》を
君が情《なさけ》に酌みしかな」
一は藤村に心服してゐるらしくこの老詩人の名をしきりに呼んでかうした印象的な詩句の「初恋」をはじめいくつかを朗吟した。この詩人などほとんど素通りしてゐた太郎は頬づきして聴きふけつた。ビヨルンソン、イブセンの文学を彼が絶讃しはじめた時、太郎はこの工科大学生へ完全に敬服してしまつてゐた。
「いい詩を書きますから読んで下さい。」

「また、飲まうや。」

そこで二人は握手して別れた。

再び彼等が逢つたのは九月になつて夜間の仏語講習会場でだつた。二人はそれぞれ利子にすすめられて出席しまた紹介されたわけである。そこに以前の相手を見出しはしなかつたのはお互に当然と云へることかも知れない。

利子と太郎とは、高校の文学好きな教授達などが中心になつてゐる趣味的な同人雑誌に新しい参加者として、この正月の同人会で紹介されたのである。

安永は彼女やその雑誌を通じて太郎のことをすこしは知つてゐたらしいが、太郎はいつかう彼を知ることもなくその筈もなかつた。彼女にしても紹介しておやと不審がつた。男達が知合つてゐるとは考へもしてゐなかつた。そして男達には拙い再会に違ひなかつた。安永は太郎の前では利子を警戒したし、一方は他方をある関心への意識にいれてしまつた。表面はしかし加速度的に交情を増してゐた、お互の話題では彼女をまるで無視し、或いは彼女へ遠慮ありげな控目な態度をとることで——。

その時分から利子は太郎との話題にも一さんを連発するほどになつた。

利子の父親が故郷であるこの福岡へ、ある信託会社の支店長として前任地の京城から戻つたのは、彼女がこの福岡の女専を卒業した春のことだつた。それで彼女は生長期の大部分を京城で過してゐた。安永一が彼女の家庭に出入するやうになつたのはそれ以来のことで、現在おなじく工科の学生である彼女の従兄の家で二人は初めて紹介された。

安永の家は京城にあつて、その父親は総督府の教育に関係した官吏だつた。

「海の日の沈むを見れば
激《たぎ》り落つ異郷の泪」

文学など関心のすこしもない従兄をおいて、京城の話などから一人いつか夢中になつてゐた気拙さに、利子は岩波文庫の藤村のその詩に爪でしるしをつけて一に渡すと、彼は不審げな眼つきにしげしげ彼女を見返した。

海岸にのぞんだ寄宿舎に生活してゐて、自分が異性に一面的な好奇心を抱いてゐるなど、まだ気付きもしなかつたその頃の利子だつた。……

かうした事情を太郎は利子の小説のいくつかから知つてゐたのだ。彼女の小説は少女の一面性に云はば手放しに耽溺したものだつたが――。

○

清香と太郎は小学校の同窓生だつた。その時分顔見知りだつたが親しく言葉を交したことはなかつた。

前年のこと同窓会の委員に選ばれた彼が退職する旧師への謝恩会の件で彼女を訪問したことがあつて彼女の家とも昵懇になつた。絹物問屋である彼女の家はこの土地の商業界で福原財閥とも云つてよいその一有力者である。福原一統と太郎の家との関係は浅くはなかつた。彼の曽祖父は福原本家の大番頭として御維新を切抜けた云はば功労者だつたさうだし、祖父が時勢に敏くて鉄材商を創業した折とか、また彼の父が急逝したため整理しなければならなかつた際、その時どきに応分の援助をうけてゐた。さう云ふわけから太郎の気持のなかに福原家へは特別な関心もあつたしある敬意がひそんでゐた。清香は女専の家政科の三年に在学してゐる。

しかし太郎はこの夏休み前後から福原家を訪問することには苦痛にすらなつてゐた。云つてみれば一つの意識がさう強ひると同時に別な意識が、さうした習慣を断念することを困難にした。或いは後者は前者がひそかに試みたトリツクにすぎないかも知れないが、彼の場合この訪問を突然に放棄することは相手方へ非礼だとの気持は、まるで成立しないことだとは云ひ難いだらう。

太郎、清香、やうやく四拾を過ぎたばかりで働き盛りのその母、この三人は、よなべの席を語合つては時計の音に驚くと云ふ習慣になつてゐたが、いつかその母がそのやうな習慣はとにかく娘がかるがるしく彼に同意したりするのを許さなくなり、彼の態度や言行をとかくに批評する態度に変つてゐた。さうして自分への好意とのみ受容れてゐた彼だつたが、自分の内部のある意識が熾烈になるのを覚えて自分の言葉の端にその関心の洩れることを気付いた時、彼女の母の明かな警戒とひそかな敵意を感ぜずに居れなくなつてゐた。清香は針仕事などしながら、激しくなりがちな彼等の対談を無口な儘きつい眼付きで傍観するのだつた。

訪問することを遠慮すべく努めてゐたのだつたが、そのやうな夜は神経をたかぶらして戻ると、彼女へ手紙を書かずに居れない彼だつた。しかし返信の期待が空しいことだと判つた時、完全な誤算だつたと知つて手紙を書くなどと云ふことを反省しただけで絶望的にならねばならなかつた。——

そんな具合で一ヶ月はすつかり遠去かつてゐた福原家へある夜いそいそと訪問を思立つたのはどう云ふ説明がつくのだらうか。青春とか愛情とかの機密なのだらうか。

太郎が福原家へ最後の訪問を試みたのは、利子達と宝満山へ行楽した日から二週間ほど経つたある晩だつた。……

福原家は古い商業区の通筋にあつて、控屋は夜分はかなり暗い横町に面してゐた。格子門から内玄関まで棕梠の植込みにかくれた敷石は美しく濡れてゐた。

さうして内玄関の軋りのよい格子を開けた時、はや後悔と再び犯した過失の念に太郎は捕はれねばならなかつた。好意に満ちた小婢が立つとすぐ例のやうににこやかな眼尻で主婦が現れた。

「いらつしやい。お久しうございましたね。どうぞ——」

おだやかだが癖のある口調だ。

「ええ。」

自分の微笑に縛られたやうにしばらく突立つてゐる太郎だつた。

小座敷は平常と格別に変つてはゐなかつた。主婦は古びた子供達の冬靴下をとりどり堆《うづたか》く置いて修繕に余念がなかつた。月並なさはりのない会話がぼつぼつあつた。太郎は絶えず笑顔を崩さない。姿勢を正して坐つてゐた。と、奥の方で騒いでゐた子供達の間から、清香のなだめすかす叱声がわづかに洩れて来た。

「親類の者をちよつと手伝ひに呼んでゐますと。清香は今夜、本家《ほんや》のお茶事ですから遅うなりまつしよう。」

主婦は気性のつよい面立に糸をきつと締めて、ふくみ口にさう云つた。

太郎は微笑みながらただ頷いた。どうして清香の声音を忘れようか。彼女の足音、彼女のたてるかすかな物音すら自分は聴きわけることができるにちがひないと胸の鼓動が答へるばかりだつたから。間もなく時計が品のある鳴音に九時を告げたのを合図にしてその家を辞去した。格子門を閉切つた時、危く失笑しつつ落涙しさうだつた自分をはげしく拒絶せねばならなかつた。その母親へまして清香へ憎悪も侮蔑もないのだからと独言して、この事実だけを甘受すればよいのだと納得しようと努めながらその気力が乏しかつた。明るい通筋に出かかる街角で、出会ひがしらその家の一人つ子である小学生に逢ふと、また習慣のやうに脚が停つてしまふのだつた。

「お姉ちやんに逢ひんしやつて。」

と、お習字から戻つて来た少年は、暗い方に身をひいた恰好に太郎を見上げて云つた。

「いんや、逢はんやつた。」

「そを。お姉ちやん、たいてい留守しとんしやらうや。」

腺病質の少年はそれだけつぶやくやうに答へると、くるつと振返りざまぴよんぴよん跳んで帰つていつた。太郎は理由もなく立停つて少年の見えなくなる小さい背を見送つた。……

その晩、太郎は夜更けまで両肩を落しこんで地面をむなしくみつめながら舗道を刻むやうに歩いてゐた。歩いて疲労の果まで辿りついたなら、その儘眠りこむこともできさうなものうい昂奮だつた。短かかつたなと云ふ強い感慨のなかに、解放されたやうな淡い感傷がひそんでゐた。些細なことが浮びあがつてくるものだ。例へば――、山崎が変つたな、おとなしくなつて独逸語の予習をよくやつてくるから、など取沙汰した級友の誰彼の顔。安永がある時逢ふとだしぬけに、お前の詩はなかなかええぞ愛誦しとるぞと云つたこと。清香の誕生日に贈らうと思つて用意しながら機会を失してまだ紙包の儘にある書物――ジイド「女の学校・ロベエル」その今夜の自分にとつてはさう成兼ねない皮肉な内容。そして――こればかりは苦痛を味はわねばならない――次のやうな事実。すなはち利子が最近興味まじりに告げたことなのだが、彼女の母校である女専の寄宿舎に彼の詩の載つてゐる文芸部雑誌が持ちこまれて彼のことがかなり噂されたらしいこと。これらの詩はすべて清香に献げらるべく生れたのだつたから、たとへ詩をつくることは太郎の秩序に属することとは云ひながら、彼女にとつてどんなに憂慮すべき結果にもなつてゐたことだらう。

その晩を迎へるまで、しかし太郎は清香の愛情を確信してゐた。

それが言葉で誓ひあはされたものではなく、日常の些細なことや姿勢によつてお互に証しあつてゐたのだから、彼の彼女への敬愛は一つの信仰にすらなつてゐた。と、他方悲しいことには彼にあつて「神」は彼女一人ではなかつたのだ。

それから数日後学校の方は病気に由る欠席を届けて山崎太郎は長崎へ旅立つた。

長崎は彼の父が商用で出かけて不慮の病死を遂げ

た土地だつた。その彼の五歳の折、母や兄姉達と見舞ひはしたがそれ以来、それほど遠距離でもないのに絶えて踏む機会がなかつた。父親へしきりに郷愁に似たものが誘ふのは男性の廿歳がなす業なのだらうか。父親、――そのやうな存在をこの齢になるまで考へもしなかつた太郎だつた。

「ひよつとすると、石畳の街角で父の顔を見るかも知れません……。」東京に居る若い詩人・杉原民造への旅立ちの朝書送つた。杉原は東京から長崎へ旅行すると云ふ予定を通知したきりに、この二週間ほどは全く音信がなかつた。このやうな情況では太郎には彼を待兼ねることはいくらか苦痛に感じられ始めてもゐた。そして長崎には太郎を快く迎へてくれるであらう小学校来の親友が、その土地の歴史の古い高商に在学してゐたのだから。

○

筑紫路、長崎路の美しさは初冬に極るだらう。

南西のいつ始るとも終るともさだかに知りえない短い冬とその季節の移変りの微妙さは、秋の高い空から北方なら雪を降らせようといふ時分、ベールのやうに鈍い光の陰翳を落しはじめる。遠い女性的な山脈の赤紫の地肌。孤独に漂泊する積雲。草紅葉。櫨紅葉。蜜柑。――田舎と云へば東北しか聯想しない都会のひとびとの観念が構成する風景からは、あまり遠いかけはなれた異国に違ひないだらう。南西の人間はこの南西の風土からしか産れて来なかつた。……

長崎まで陽当りに満ちた急行の車窓に坐つて、これらの風物を飲みほすやうに眺めてゐた太郎は、自分の郷国へ自分の風土へ一歩踏みこんでゆくやうに感じられてきた。産土《うぶすな》のなかへ還つてゆく気持だつた。清香を描いても彼女と云ふ一箇の存在もこの大地を離れえないのだとの観念が先立つてくると、彼女の現身《うつしみ》に執着することは徒労なのだと、しみじみ自分の周囲を自分の肉体の輪郭を眺めまはすのだつた。

自分に、この一箇にどれほど精神の意味があらう。この肉体にいかほどの生命があらう。まして厚顔にすぎない自分の作品・詩にどれほどの自負が許されよう。

「たとへ詩は美しいものであらうと、詩をつくるなど詩なぞつまらないことだ。」

多良岳の山麓である海岸線を細目に縫つて列車は走つた。入江を隔てた彼方に雲仙岳の平容がその傾斜が、大地の重量をずつしりたたへてゐて、時間と視点の推移にともなひ光線の戯れる儘、五彩の変化を堪能させてゐた。まるで休静してゐる大地の生命を象徴したかのやうに見えた。

はやい午後のうす陽のきざした窓に凭れてゐた太郎がふとかう唇をつぐんだ時、なにか恍惚とさせるやうな甘美な感動に全身を浸されてゐた。

「おれは死ぬのかも知れんぞ……」

長崎は昔ながらに石畳の街だつたが父親に逢ふすべはなかつた。昼間、友達が学校に出てゐる間は街の内外を歩きまはつた。夜になると酒を飲んで思案橋から丸山の方を、肉体の抵抗を容易にとびこえてゐるらしい友達の仲間に擁されてけだものめいた恐怖を感じながら彼等の背後からさうした家を覗いて歩いた。

そんな翌朝のこと、太郎は大浦の天主堂の前、石膏の聖母像を仰ぎその礎石にしるされた信徒発見の文字をたどつて、異教徒ながら胸がさしせまつたことだつた。

○

肉体を規則的なものに委すことには安心がある。長崎から帰つた太郎は学校にはつとめて出てゐた。関心がまるでないのに以前ほど倦怠でも苦痛でもなくなつてゐたのは、気抜けした態度でただ日課に従つてゐたからに違ひない。その故かよく眠つた。眠つて夢ばかりみてゐた。清香とはかない逢瀬だつた。……

たとへば二人で幼稚園を経営してゐたり、彼が彼女の家族の成員になつてゐたりしたが、言葉をかはすこともなかつたし、まして近附くこともなかつた。それで充分に気持が通つてゐて彼女の清潔な姿にいくどとなく目覚めさせられたことだつた。そんな気分のさはやかな朝毎を迎へるなど絶へてないこの頃だつた。

事実、二人の交渉に意識して肉体のいりこむ余地は全然なかつたのである。精神の火花だけだつた。心意気だけだつた。お互の存在だけでお互は健康だつた。彼の日記のなかからつぎのやうな引用はいくつもできよう。

「だから、清香よりながいきすればよいのだ。」

「自分達の間柄は相手の手並をみとどける賭なのだ。」

しかし、この勝負に敗れたのは太郎ではなかつたらうか。破滅に陥る予感のなかへ自分から投じて危険な腕を伸しはじめたのは彼の方ではなかつたらうか。それを意識してか苦痛を避けるためには彼は夢のなかへ逃げねばならなかつた。夢のなかの清香は泪をうかべた彼を許してくれるのだつたから。……

美しい十一月はかうして了つた。

○

山崎太郎のこの頃の生活は友達もいたつて少い控目なものだつた。第一、酒席に誘はれることをひどくおつくうがると云ふ、以前とはまるでちがつた在り方にすら見えた。「副文章《ネエベンザツツ》」とあだ名されたほど身ぶり手ぶりを交へた説明の多すぎる駄弁をほとんどやらなくなつてゐた。一年前校友会総務の呼名が高かつた一頃に比べると、「つき合ひにくい」男になつてゐたのだ。

その晩——十二月が始つてゐた——彼は珍しく尋ねて来た友達と那珂川の橋畔にあるブラジレイロで

一杯の珈琲に話題もなくぼんやり三十分ほど過してゐた。この友達は原級して彼と級友になつたのだが、時たま思出したやうにやつてくるほか教室でもさう立入つた話もしなかつた。ハイデッガーなど読んでゐる少年だつたがその哲学のことすら聴いてみたことはなかつた。それで結構ある血縁をおぼえるらしく煙草の烟を吹きあふことでお互に不足がなかつたのだらう。

「俺は帰るぞ。」

と、その友達は立ちあがつた。相手の度のつよい眼鏡がきらつと光るのを見上げながら、灰皿に吸殻を押しつぶすと、

「うん。そこまで――」と、太郎も腰をうかした。肩をならべて書店などある方へ歩きはじめると、学校の独逸語の篠井教授が黒いソフトで人波を歩いてくる小柄な姿をみとめた。脱帽した彼へ親しげに教授はやあと――

「君に速達しようかと話してゐたところだつた。杉原くんだよ。」

「あ。」

全く気付かなかつた連立つた背の高いほそい男が伊太利人でもかぶりさうなへりの広い帽子をかぶつた画家風な、この町で異邦人と一見してわかる草色の背広姿の男が、待兼ねてゐた杉原民造と云ふ若い詩人に違ひなかつた。太郎のこはばつた頬がゆるんだ。

友達は彼にだけ判る合図で人波に消えていつた。民造は大きくぎよろつとした魚のやうな眼つきで太郎を呑みこむやうにまじまじ見下してゐた。

「さつき着いたばかりなんだよ、報せなくつて。」

応へる言葉がなかつた。美しいひとであることはすぐわかつた。それになんと苺のやうな唇をしてゐるんだらう。詩人は頬をかしげて歯痛の薬がほしいと云ふので車道をわたり薬局の方へひきかへした。自然に肩をならべた二人が話しはじめた。太郎はまづ先週の長崎旅行のこと美しい風景をしやべらずに

居られなかつた。民造は文房堂をふりかへりながら、

「ね。文房堂がある。さつき丸善もあつたよ。何だか東京へ帰つた気持だ。」

「さう。もう東京を出てからずい分になるんですね。」

　詩人とおなじやうに首をかしげてその述懐がよくわかつた太郎はしかし勢いこんで、

「でも福岡は田舎だから。何だつてあるかも知れないけど、東京ではないんだから。」

　そんなに打消すやうに附加へずにをれなかつたのは、太郎にもまた東京と云ふ言葉はあまりに異様な感動を誘ふからだつた。その都会をそれぞれにちがつて心象に描きながら、それが最初の融合をかたちづくつた媒介だつた。

　何処かに休まうと云ふので、レイロ――と例の珈琲店を高校生は呼んでゐた――に誘ふと先刻立寄つたとのことだつた。それで県庁の杜の前にある小さい店に這入つた。


「君はなかなかくはしいからな。」

　教授が軽く揶揄すると他の二人は顔を見合つて笑つてゐた。静かな落着きのある店である筈なのにその晩に限つて泥酔者が紛れこんで来、それを太郎が弁解するとこんどはおとな達が笑ひあつた。

　三人の会話は三人が知合つてゐる人達――多くは独逸文学の訳者とか浪漫派の作家とか――を離れなかつた。

「明日、杉原君を案内しないか。この附近、君の方が僕よりくはしいだらう。ずつと休んでゐるんぢやないのかね。午後、給仕に呼ばせたんだよ。休みついでに休みたまへ。大丈夫なんだろ？」

「ええ。さう休んではゐないんですから。」

と、あとは笑つて濁してしまつた。欠席日数のことだつた。民造はさうした先生と生徒の会話を面白さうにうかがつてゐたが、

「柳河へ行つて、それから長崎へ出る予定なんだよ。」

「柳河。だつたら僕には自信がある。もう二度ほど行つたんです。ぢや、柳河へ行きませう。」

教授宅を翌朝訪ねることにして、その店のおもてで別れた。二人は天神町の交叉点まで歩くらしかつた。

県庁の横の暗い大通を家の方へ歩きながら太郎はひよいと篠井教授の一言を思ひかへした。そして胸がどきつとしたほどだつた。さうした自分がいやな感じだつた。あの場面の雰囲気や好意を消してしまつたその言葉だけを考へてゐたのだつた。この頃の悪い癖に違ひなかつた。言葉だけを抽象すると云ふ陥り方になつてゐた。しかし生徒達の数多い失態のいくつかに関して教授達の日常がまつたく責任を免れるものだらうか。たしかに拗ねた態度にちがひないのだが、この頃どうかするとかうした気持がつよい彼だつた。現に先刻別れた友達は組主任が欠席日数を注意しなかつたばかりに二学期間に規定を越えたことを知つて、それから三学期になると下宿にひきこもつて本ばかり読んでゐたのださうだ。こんな生徒の迂闊さはその生意気のせいに帰せられ兼ねないのだらうが、太郎はときどき自分がこのやうな生徒でしか在り得ないやうな恐怖を感じてゐた。かうした過失にまるで無力な自分に見えてくるのだつた。彼はこの二週間ある教授の実験の時間だけを避けてゐた。その教授の鼻の曲つた眼鏡のすきのない容貌を思ひうかべると、舌がざらざらするやうな嫌悪に、

「全く一方的なんだからな。」

と、独白せずにをれなかつた。さうして、その言葉が意識の閾のおくから清香を、その母親を呼びさましたことに愕くのだつた。

いつたい、自分はどんな考へ方をしようとするのだ。観念的だ、あまりに感傷的ではないか。

それから太郎の秩序が健康な心が甦つてきた。ゆつたり運ぶ歩調に合せるやうに、杉原民造のあの生に溢れた鳥のやうな姿が拡つてゆき、咽喉をすこし害めてゐるのだらうか嗄れてゐて音楽的に快く響い

てくる声音が聴えてくるのだつた。逢ふ以前におぼえてゐた不安はあとかたもなく消えてゐて、明日の幸福へ全身を委ねてしまつてゐた。深い安堵があつた。歩くほどに明るく晴れてゆく心があつた。

○

篠井教授の家は珍竹の垣などまだ残つてゐる旧士族の宅地のなかに在つた。その末枯れの小笹に小春日の気持よい午前の陽がさしてゐた。太郎が汗ばむほど急いで着くと約束の時間はとつくに過ぎてゐたが、二人はやうやく朝食にかかつたばかりに見えた。彼は火鉢に倚つて寄贈誌など読みながら待つた。教授が登校の用意にたつとそこで残つた二人はやあと挨拶した。詩人は前夜に比べて老人じみて感じられた。光線の充分でない部屋のためか皮膚のよわい疲れた横顔でもあつた。彼はすぐ愉しい顔付で朝寝を詫びた。

太郎は驚かさうと隠してゐた雑誌を取出すと、予期したやうに大変なものが飛出して来たぞと苦笑する彼に何だつて知つてゐますよと道化てやつた。民造が敬慕してゐるある作家が彼のことを興味深くその雑誌の随筆にとりいれてゐた。その作家は作品の背景が大方さうであるばかりでなく生活も信州の高原地方を好んでゐて、民造もまたそれをならつてゐるらしく、彼が夏分の滞在費の相談をもちかけると先輩は、吟遊詩人になつて唄ひながら歩けばよいのにと意地悪く大学生の彼をなぶつてみるのだ……。

現に民造はこのやうな生きがたい時代に昔ながらの吟遊詩人ではないかと、土産にすべく持つてきた詩集や絵葉書類を風雅に傷んだ皮カバンから取出してゐる彼の姿を眺めてゐたとき、ひよいとかう太郎は気付くと前夜の感動がいたいほど甦つて、今朝の大学を卒業して実生活にいく分疲労しかけてゐるらしい平凡な一人の青年に過ぎなく見える彼を、どう労り慈しむ手つきにあたればよいのだらうと胸が迫つた。民造のこんどの旅行は保養のため、彼の言葉を借れば「心身改善」のためだつた。先輩や知己を頼つて北方から南方へ気儘らしい漂泊をつづけてゐるが、候鳥の営為が苛酷なものであるやうに彼の場合も現実の鞭を脱れるべく進んでその鞭のしたにひ弱な肉体を、傷みやすい心情を露してゐるのではないだらうかと想はずにゐられなかつた。

　太郎が民造から貰つたのはこの旅行を思立つまで詩人が滞在してゐた盛岡の絵葉書と、かねてから欲しがつてゐた「測量船」といふ詩集だつた。

　それから三人が陽ざしの匂ふ路上を揃つて一日のプランなど唇ぐちにしながら歩くとき、教授は先生だつたし青年は若い詩人で、太郎は生徒また若い詩人を志す少年に過ぎなかつた。


　民造が勤務してゐる建築事務所の建造物を二人で二三観てからその午前はレイロに憩ふた。

　一面の硝子戸は南をうけてゐて陽ざしが温室のやうに溜つてゐた。広い川面はきらきらした青空を映してゐた。対岸の楠樹や槲樹の杜に公会堂の黒い尖塔が望んでゐる。白い大橋がその湾曲を水面にゆがめてゐた。珈琲が濃くまつはるほど香高かつた。

「九州は正月までこんな日和だつて牡猫《ムル》先生が云つたよ。いいなあ、松江は陰鬱でちつとも空が見えなかつたのに。やつぱり九州だなあ。ほつとしちやつた……」

　あくびでも出さうな疲れた顔で気分だけは生きかへつたらしい。牡猫《ムル》と云ふのは篠井教授につけられた生徒達の愛称だつた。教授の最近の訳書であるホフマンの小説に由来してゐた。民造は京都から山陰を廻つて来たのである。

「さうかなあ。こんなお天気が年内はつづくんだけど、ここはまだ日本海にむいてゐるんだし寒いときは寒いんですよ。でも今時分いちばん気分がよいかも知れん。」

　何か怯えたことでもあつたのか詩人は山陰をこぼしてなかなか止めなかつた。その土地だけでなく人間にすらをかしいほど疑ひ深かつた。

　しかし太郎はそんな民造の言葉を聴いてゐると東京つ子らしい愚痴には受けとらないで、もつと驚くことに違ひないと前途が案じられてならなかつた。詩人は「心身改善」のための南方旅行と云ふのだつたが、いまこのやうに信頼をよせてゐる太陽がどうして彼を裏切らないと約束できよう！　長崎で正月を迎へ春を待つて東京に帰るのだとの計画は悪くはないが、それを彼自身が破約しないことだらうか。

　さうした不安は言葉に出すべくもなかつたので、太郎は長崎の見聞談を調子づいて語つてゐた。南山手に多いもう腐朽しかけてゐる木造西洋館のことなど話すと、聴いてゐる方はさうした家屋の一室を郷里が長崎である友達の世話で予約してゐるのだと喜ばしげな声をあげた。彼にとつては療養生活も浪漫的な夢想にちかかつた。その未知の西洋館を二人は蝙蝠館と名付けたほどだつた。それからお互の健康を語合つた。太郎は骨組は頑丈さうだがうすい胸を持つてゐて、この一夏は海水浴を禁じられたりしてゐた。

「屈力点《イルディング・ポイント》の問題なんだよ。」

「え？　ああ、さうさう。僕もさうだと思つてゐた。自分のせい一ぱいのところを知つてゐればいいんでせう。臨界点《クリティカル・ポイント》の範囲内だつたら、どんな仕事したつて構やしないんだ。」

「だけど。」と、遠いところをみやつて繰言のやうに、

「僕は、近頃ちよつと自信をなくしちやつた。」

　民造のその言葉は誰に云ふのでもなく自分にでもなく、ほかに見知らぬひとが聴いてでも居るかのやうだつた。その言葉だけに捕はれた太郎は詩人がむけた優しい微笑に答へることができなかつた。

○

　久留米の特科隊に居る浪漫派の若い作家——学校の先輩でもあつて太郎が私淑してゐた——を尋ねた

ので柳河駅で降りたのは暮方めいた午後の時分だつた。残念なことにその作家は台湾へ出張してゐて逢へなかつた。

まづ白秋先生の生地である沖の端へゆかうとバスに乗つた。柳並木の水濠を渡つた。しばらく町並を過ぎて畑地と水濠の交錯した城跡とも思へない平坦な旧城内を走る。

沖の端は田舎びた小漁港にすぎない。干潮時だつたので白い牡蠣殻の散つた水底を露し帆船も黒い船腹を傾けてゐた。いい宿屋もありさうになくて詩人はがつかりしたらしかつた。太郎は愛好してゐる春夫の「女誡扇綺談」を持ちだし、かの廃港になぞらへて弁解するのだつた。民造の浪漫癖がやうやく納得したらしかつた。

この肥沃な平野に冬の暮やすい気配は近づいてゐた。春になれば一面に青麦が繁るにちがひない畑地の間を柳河町の方へ歩いてかへつた。

さて宿屋を選ぶとなると決らなかつた。大通では平凡すぎるし何処か雅趣のある家でもあらうかと、植込の多い平屋ばかり見える、菜園や蜜柑の篠葉が杉垣に覗いてゐる小路をいく折も辿つてゐた。と、思ひがけない小風景が石橋の上に二人の脚を停めさせたその小路に添つて誂へたやうに古風な商人宿が見えた。あれだと民造は喜んだ。そしてその門口を二三度往来してみた彼等だつたが、躊躇の色をあり示した青年の態度に、すつかり嬉しくなつてしまつた少年は、いいぞ僕も宿つてゆかうかなあなど云ひ出すので、何だか恐くなつちやつたと本尊は弱い本音を吐く始末だつた。

バスの上から認めてゐた大通の平凡な飾気一つない宿屋に決めた。

水郷の柳並木はいちめん黄葉しながらほとんど全体の姿を保つてゐた。色素が厚くふくらんで重量のある感じに五月のさはやかさと似もつかないが心にひそんでくるものを覚えさした。二人は言葉にはしなかつた。青い水流が水底の藻草に絡みながら音もなく速い運動に落葉を細砂を巻きかへしてゐる。枝垂れたかげの低い岸辺に幾ヶ所か汲場《クンバ》が板を置いてつくつてある。そこでをんながものなど洗つてゐた。風がないのに病葉《わくらば》が——まるで彼等の足音に誘はれて驚いたかのやうにはらはら柳の葉がこぼれる。対岸の通は夕方らしくいろいろの人がいそいでゐたが、それが変に気の遠くなるところの出来事のやうに感じられる。水を左にして水の落ちる方へ歩いてゐた。二人は肩をならべてゐたが一瞬少年ははつと思つた。軒燈の出た古びた家の庭を隔てた濡縁に女が一人こちらを見て立つてゐたのだ。

「おや、あやしい女まで顔を出したぞ。」

詩人はあやしい女ではないかのやうに云つた。

太郎は黙つた儘ふりかへりもしなかつた。こはい顔だつた。こんな処にまで清香がいようとは!

彼等は水門の上まで来ると佇んだ。そこから水は柳河の町中に拡つてゆく。脚もとに巻かれる渦をみ、それが解きほぐされてゆく彼方を追うてゐると五分経ち一時間過ぎたなら、いつか五体は彼処へ、先刻歩きまはつた小路へまたあの沖の端へすら運ばれてゆかれさう。その危険を避けねばならないかのやうに今度は水を右にして波頭を脚もとにくぐらしながら歩きはじめる。風景は豹変する。料亭の軒端に童女めいた眉の濃い女はもう居なかつた。彼等は汲場の一つに腰を下した。水面がそれだけせり上つた。

……

対岸に木造の病院が見える。その二階の硝子窓を最後の陽が染めてゐた。ぼんやり眺めてゐると窓はからりと上げられて誰かでも姿を乗出しさうなそんな予感。

「ホフマンスタールの詩のやうだ。」

と、詩人が言葉にした。ああ、さうだつたと少年は思つた。

「誰かが、いまにあの窓をあけて、をんなのひとでも顔を出しさうでせう。」

「白い服を着たひとが空をみあげて、あらつ今日はもうおしまひだわ、なんぞと云ひさうだぞ。」

二人の眼は燃えるやうに喜ばしく一つの獲物を争ふやうに夢みつづけ語りつづけた。そしてまた膝をかかへると二人はそれぞれに黙つてしまつた。

……あの窓から身を投げかける婦人は輪郭のはつきりした細い顔によく似合ふ皺の多い白い服を着てゐることだらう。安楽な身分ではないが清潔な生活に違ひない。誰彼から愛されるわけではないが一人の男からはきつと愛されるに違ひない。ひよつとするとその男が若いうちに死んだから、彼女は裁縫などしてひとり暮らしてゐるのかも知れない。けつして清香ではないのだ。いやこの地方の風土には生育できない植物なのかも知れんぞ。なんだつて何処にでも清香が居るんだらう。彼女のやうな評判のよすぎる娘がどの地方にだつてたくさん居るんだつたら、自分のやうな男にどんな娘が残るんだらう。漂ふ夕靄のなかを清香の痕跡がけだもののやうに忍んでくると、身動きを許さないほどに悲哀が太郎を押包んでしまふのだつた。……

民造は革カバンからノオトを取出すときつちり揃へた膝の上に拡げた。彼の旅日記はとりもなほさず彼の心象の写生帖だつたのだ。少年はそれを習つたわけではないがポケツから掌ほどの革手帖を出した。それには詩人が「四季」と云ふ雑誌に発表した作品の題目と年次とだけが録してあつた。民造は鉛筆を削ぎ了るとその手帖を覗きこんで、

「や、借してごらん。閻魔帖を出したぞ。お前は何年何月あんなつまらない詩を出したではないかなんぞと印がつけてあるらしい……」と、おどけて云つた。

返して貰ひながら太郎は説明も抗弁もしなかつた。★印をつけたのは好きなしるし。そのほか書きこむことを何一つ持つてゐなかつた。民造は膝に重ねたカバンの上に頬杖をついたり、せつせとノオトをつづけたりしてゐた。少年は膝をかかへてじつとしてゐた。

柳の葉は一葉はらりと落ちると遅れでもするかのやうにつづいて、はらはら短冊のやうに降つて音もなく水面を流れてゆく。あの時間とこの時間と繋ぐすべがないことを、ひとが落ちてゆく彼方を知らず落ちてゆくことを証拠立てるやうに、初冬の黄柳は精あるもののやうに息吹きながら鎮まつてゐた。……

太郎が福岡に帰りついたのは夜の十一時近かつた。柳河から二時間あまりの車内がひとり大儀だつたのは寒気がぞくぞく背後から襲つて咽喉をすつかり害めてもゐたからだ。乗客が皆酔客の真赤な顔に見えた。網膜に霞がかけたやうで眼つきをちかちかさせて苛立つてゐた。いくどか腰をあげて掛直るのだが落着かなかつた。さうして別れて残して来た民造のことがしきりと気懸りになつた。云つてみれば民造の不幸が迫つて来て追払ふことができなかつたのだ。

二人の遅い夕食が了つた後のことだつた。横になつて一日がわりに成功だつたことなど話してゐたら、民造は突然たいへんな熱が出たらしいぞと頓狂な声をあげて起直つた。丹前のしたに着てゐるシヤツの胸から手をいれて沈痛な顔つきだつた。髪が乱れて顔に垂れかかり小さい眼から頬のあたりが熱ばんで染んでゐた。そしてたいしたことはないんだよと自分で打消してしまつた。太郎はすつかり不安になつて気を呑まれてゐたが、これ以上彼を疲らすことを恐れたし自分の方もかなり倦怠が耐へがたくなつてゐたので、ほどなく長崎で逢ふことを約束して辞去したわけだつた。大通を乾いて冷えた風が吹いてゐてしきりに含嗽《うがひ》が欲しかつた。福岡までの距離と時間が考へるだけ苦痛なほどだつた。

民造が好んで選んだ中二階の暗い部屋に残して来た彼の姿を思ひ描くと、小さいその姿は掌のなかに量られるやうに隅々まで見透すことができて、太郎が顔をそむけずに居れないほどいぢらしく惨めな在り方に変つてしまふ。そのやうに民造が無力に見えることが居たたまらない焦燥感へ太郎を陥らせた。民造は危険な架橋だつた。それがよく胸裡に通じながら同じく太郎は脆弱なその橋脚に過ぎないのだつた。なんと云う非力な存在なんだらう。民造が原型だつたやうに太郎はその模型だつた。民造の不幸はとりもなほさず太郎の不幸に違ひなかつた。帽子の庇をゆがめてマントにくるまりながらほてつた頬を冷い硝子窓に押しつけてゐた太郎は電車の単調な進行にぢりぢりしてゐた。久留米からまだ一時間かかるのだ。頭の蕊がずきんずきんしてきた時、ひよいと清香の姿がうかんだ。それが民造から解放してくれた。柳並木で逢つたあの彼女だつた。

清香！　車内の燈火が刷毛のやうに掠めてゆく夜の闇へむかつて呼びかけた。助かつたのだ。生きられるのだ。

終点のデパートの駅を出ると霰に追はれるやうな窮屈な恰好で家路を急いだ。例のとほり起きて待つてゐるだらう老母がむしやうに恋しかつた。玄関にかけこむとその見慣れた顔に安堵してしまふ。鼻がつまるからと返答を許さないほどせきたてて床にもぐつた。ふりだして貰つた彼女の特効薬である紅勘ぐすりにアスピリンを飲んで悪寒も治つてゆくらしかつた。

○

柳河の一日があつてから丁度一週間ほど経つた日、土曜日の晩のことである。

その夜はこの地方のあるひと達から一つの行事として関心をもたれてゐる、大学音楽部の定期演奏会が青年会館で開催された。福岡はかなりの文化都市にちがひないが芸術部門の、ことに技術を必須とする音楽などには恵まれない環境であることは致方ないことだつた。で、この演奏会は歴史も古かつたし唯一の定期的なものだつた。

なにかにつけて器用な安永一はマンドリン部を実

際のところ指導してゐた。この大学のおはこになつてゐる組曲「山の印象」で、第一マンドリンを受持つてゐる安永のソロが聴かれるにちがひなかつた。

太郎が前方の招待席に近いところから背後をふりかへると、ほどんど椅子席の了るところに利子がへんに小さくつつましげに坐つてゐた。

演奏は管絃部員の「序曲エグモント」に開始された。

……その夕方から太郎の中に未知の一つの旋律がひそかに鳴りはじめてゐたのである。奇妙に苛立たしいが心愉しい予感はその序曲のやうに近づいてゐたが、いま華麗な周囲と感動的な音楽に培養されたかのやうに成熟した内部は開花すべき気候を獲得したのだつた。太郎の交響楽もまた作曲し演奏されねばならなかつた。その楽譜には「死と詩人」と標題されるだらう。実際は彼のポケツに折りこまれてゐた詩雑誌の余白にかきなぐられる一つの散文風な詩稿なのだつたが――。

それで時代を同じくしてゐた楽人が詩人に感激して描いたと云ふ英雄エグモントの悲劇的な生涯は了つたが、太郎が描くべき詩人の生涯はまだ完成されはしなかつた。舞台はマンドリン演奏に移つた。放心した眼つきで演奏者を眺めたり無遠慮などとは考へないで周囲の綺麗な色彩をうかがつたりしながら、しかし耳朶を演奏が共鳴させることばかりは妨害することができなくて、握りしめた雑誌を展いてはまた鉛筆を幾字かづつ進めてゐた。……

安永の予期されてゐたソロは美事だつた。競技者のやうな余裕のある態度がその弦音より魅力があつた。彼はたしかに大学生を完成してゐた。その健康さうな香気が太郎の詩稿を杜絶さしたかにあつたが――。つづいて学外の絢爛と装つた娘達と学生達の混成合唱の舞台が――。しかし「いろはにほへと……」と繰返し変調してゆく高低の幾変遷を、どこか遠いところの出来事のやうに感じながら太郎は自分の旋律をひたすら鉛筆で追跡してゐた。

最後の演奏は呼物になつてゐた「未完成交響楽」だつた。とかくこの大学の演奏会は大物のきらひがあつたので部員が乏しく技術の貧しい時期は、たうてい関心のある聴衆の満足を買うことは困難だつたが。

最初の演奏から期待はあまり持てなかつた。事実、完全な失敗に了らねばならなかつた。無暴な試みだつたのだ。管部が——安永は真赤な顔をしてバズーンを吹いてゐた——弦部に比較にならぬほど劣勢だつたし、その上いちばん巧者らしいセロの弦がきれたり第二バイオリンが旨く出なかつたり……指揮者の懸明な努力を尻目にかけてちぐはぐな跛行をつづけながら大詰まで一息に駈けていつた。しかし太郎はと云へば充分に満足だつた。外部のそのやうな未熟な旋律は内部の醱酵した旋律と交互に作用して、一箇の完璧な——すくなくとも太郎にあつては——遁走曲を提供させたのだから。「死と詩人」は未完成には了らなかつた。さうして漠然とした期待のなかにこの詩作以上の、あるいは以後のものが予想されないのだつた。演奏に応へる拍手が湧上つたとき太郎はその夜の演奏者達と同じやうな深い安堵と疲労と浅い昂奮のなかにゐた。出口に蝟集してゐる人波のなかに利子のまるい肩と緑の丸帽を遠く見たとき、その彼女をひどく恋しくおぼえたのはそのやうな彼だつたからに違ひない。

暗い前庭の混雑を抜けて正門の前に出たとき、友達と連立つて帰りかけてゐる彼女を呼びとめることができた。彼女の友達は彼が一緒に文化部の仕事をしてゐる級友の木村が下宿してゐる家の娘で、学校は彼女より四五級はやい卒業だと聴いてゐた。二人の背後から歩きだした彼は突然彼女達と連立つことを理由のないことに気付くと、自分のさうした態度を見苦しいものに感じて挨拶も投げるやうにひき返してしまつた。再び正門の前に戻ると人待顔な木村に逢つた。

「やあ。」太郎はマントの中から手をあげた。

「具島さんは帰つたんかい？」

「いま富塚さんと一緒に帰つたよ。」

と、太郎はそつけなく答へた。富塚と云ふのが木村の下宿のことだつた。そのことで木村は無表情な儘もう反問はしなかつた。

　街の方へ歩きながら木村は例の調子をことさら嘲弄的に響かせながらぼつぼつした含声で演奏会を批評しはじめた。太郎は彼の才能をかなりに評価してゐるのだつたが、その女性的な口調と皮肉屋の身ぶりにいつも嫌悪をおぼえるのだつた。二人は洋酒やビールがある学生などあまり来ない喫茶店に這入つた。

　すこし暗い部屋の澱んだ空気には感じられないが気温の変化があるのだらう。太郎が吹いた煙草の烟が奇妙に立迷つてゐた。腕をあげて細い指で呪文でも振るやうに散らすと、そんな取るに足らない動作が先刻からの動揺がやうやく移つて平静に落着いたことを教へてくれた。また自分の労作からもいまは解放されてゐた。木村が口を利いた。

「この頃詩はできるんかい。稿料にはならないんだらう？　どうして詩を書くんだい。売れるんなら話は別さ。」

　大きく細い五体を折るやうに歩いてゐて、その晩も白い繃帯を咽喉に巻いてゐるそんな相手の口調が、太郎の平衡を破ることはできなかつた。

「むつかしいな」と、顔をことさらにかしげて、

「絵だつてさうじやないか。もつとも、詩を売るより田を造れだらう。」

　木村は独立展風な暗い色調に明るい色彩を混へるかなり達者な絵を描いてゐた。お互に軽蔑してゐることが無意識に露呈したのであらう。太郎はしかしお金がほしいなと思つた。そして馬鹿なことを云つてしまつた。

「すこし金《ゲル》持たないか。長崎へ行かうと思ふんだ。」

「どう云う目的？」

「うん。知合いのひとが長崎で病気になつてゐるん

で見舞ひにゆかうと思つて。」夕刻杉原から熱を出して寝込んだと云ふ通知を受取つてゐた。ポケツからその葉書をとつて相手に渡した。さつそく長崎へ行かうとの気持はこの時はじめて浮んだことだつた。

「なんぼぐらゐ？」

「さあ、五円、都合がわるいなら三円でいいよ。」

「それが、ないんだ。」と、葉書は無能な紙片にすぎないかのやうに戻つて来た。

「さうかい。なければ仕様がないさ。」

木村は少女を呼ぶともう一杯珈琲を命じた。怠惰をその余裕のある財布のやうに自慢してゐて、病気を理由に教練を遠慮しながら皆勤賞を貰つた男。けつして割勘しかしないだらう。

「明朝《あした》古本屋にゆかう！」後を唇うらで笑ひに移しながら気力のない太郎の独白だつた。こんな奴に旅費を相談してたいせつな葉書まで見せたことが、贖罪しなければならないことであるかのやうな苦痛が、そんな悲哀がはげしく彼を襲ふのだつた。

「さきに失敬。……今夜はあるんだよ。」と、太郎は伝票を握ると立ちあがつた。

振りかへりもせず大様な後姿に扉を排して出た。舗道に立つと意味もなく暖い晩だなどとつぶやいて歩いていつた。

杉原が長崎から太郎へ寄した葉書の文面はつぎのやうだつた。

「こちらへ来て熱を出してねてしまつてゐます。心ぼそいかぎりです。きのふ南山手の借りられる部屋を見に行つたけれど、荒廃があまりひどいので住まうとはおもひませんでした。浪漫的な夢を日常に人工して生きてゆきつひに日常をひとつの夢にまで高めることをあそこの荒廃した蝙蝠館でするために僕の肉体の限界はあまりに僕に寛容でありません。」

○

身軽にホオムへ改札口を出ながら、太郎はふと再び南西への旅立ちの近かつたことに驚いて心愉しくはあつた。

ほとんど正午ちかく博多発のその急行車内は、季節はづれでもあつて乗客も数へるほどに座席は空いてゐた。急行券を買つたら銀貨が一枚とすこしの小銭が余つた。前夜演奏会でつくつてかへつた詩稿を夜更けてから木炭紙へ鉄ペンに黒インキを含ませて浄書してみた。恰好な鉛筆描きを試みようとしたがちよつと自信がなくて止めた。大型の封筒に収められていまポケツにあつた。民造へ唯一の土産のつもりだつた。「死と詩人」わるい主題ではない筈だ。つい数日前のことよく似た標題の弦楽四重奏を聴いてゐた時、こんな詩への聯想が芽生えはじめたらしい。そして詩が書けなくなつた詩人の、最後の詩の主題にふさはしくはないだらうか。じつさいこの「死と詩人」の詩から一歩踏み出したなら、ほんたうの死が待構へてゐるばかりに違ひないのだ。……

その旅立ちの朝のこと太郎は例のとほりきれぎれの夢をみつづけて覚めた。小春日の小庭がさし覗いてゐる座敷に、眠つてゐる彼一人が置忘れられてゐるやうな具合だつた。十時を廻つてゐた。旅立ちのこともすつかり忘れきつたやうな気分だつたので、古本屋にゆかねばならないのかなどと考へると全く大儀なことだつた。老母は外出してゐるらしいことが彼には気楽に思へた。とにかく朝食をひとり済した。裏庭に出ると小さい姉がおむつを干してゐた。彼はこの若い兄嫁が好きだつた。彼はぼんやり立つて母親になつたばかりの彼女がものを干すてつきをなんとなく躊躇して見てゐた。

とにかく干竿にとりどりの布片を通し了ると、姉はわかつたわとにらむ顔を真似て誘ひかけた。

「お金でせう。」

「ううん。」彼は気乗りなささうに答へた。

「弐円ぐらゐならあるけど。」

「友達の家に泊りにゆくとやから……」大丈夫だよと云つた意味だつた。彼女は五拾銭増して老母のお古の財布から渡してくれた。――

太郎は五人きようだいの末子だつたが、長兄と彼が残つただけだつた。だから彼にはさうした記憶がなかつたし長兄とは年齢の隔たりがありすぎた。長兄は福原航空機製作所の技師をしてゐた。大学を出るとすぐ旧師の娘と結婚した。その最初の妻は結婚後間もなく療養生活をはじめた。北陸の出だと云ふのでその結婚はあまり賛成してゐなかつた母親は病気もその理由にした。離婚など夫の気質が許さなかつた。そのうへ彼がまた療養生活に就かねばならないことが判つて老母の強気がくじけた。二人は南郊の山麓よりの百姓屋で奇妙な生活をつづけてゐてそこでその病妻は死んだ。夫は奇蹟的に快癒したが老母などの理解が達し得ない境地に居るらしかつた。太郎とて通じる言葉が乏しかつた。さらに数年して母親の持出した結婚は別に反対はしなかつた。しかし太郎の眼には何一つ新鮮らしく映らない新しい兄達の生活だつた。自分と三つとは違はない兄嫁がどんなに背伸びしてゐたことだらう。その姉は母方の遠縁にあたつて倒産した商家の出だつた。この頃の彼はそれで肉親への愛着はひとりこの姉へ表現されてゐた。

　そんな家庭の事情があつたため太郎の生長とほぼ同期だつた十年間は彼の記憶には悲惨なものにしか残つてゐない。

　廿歳の彼は母親の盲目的な溺愛や拘束や愚痴をただ本能的に拒否しつづけてゐたのだ。

　太郎は姉から旅費だけ貰ふと家を出た。駅までまだ時間があつたので廻道して丸善へ行つてみた。雑誌をあれこれ拾つてゐると民造の詩が一つあつた。ある同人雑誌の若い哲学者の追悼号に寄せた「魂を鎮める歌」と云ふ一篇だつた。

「超えて　あなたが　行かれた　あちらの方で　陽
は　キラキラと　光つてゐた……何か　かなしくて
　空はしんと澄んでゐた　どぎつく」

なんだか消えてゆきさうな口誦む者まで掠めてゆきさうな風景だ。異様な感じがひそかに忍びこみ強く誘つてゆく。その彼方に住んでゐるのは誰だらう。長崎にいま見舞はうと云う詩人が不安とともにせつなく慕はしかつた。そして、「未知の野を　白い百合でみたすがいい　果されずに過ぎた約束が　もう充されやうもない」のか。約束など地上にあつて許されないのだらうか。

「わすれるがいい　海の上の　さざなみが生まれてはまた消えるほどに！」わすれるがいい海の上の……と、太郎はいつかこの詩の最終の数行を諳んじてしまつて、その甘酸つぱい後味がいつまでも唇らを消えないかのやうな淡い歎賞のうちに店頭をまた日向へ出た。この雑誌を購めることはいまの自分に不自然であるかのやうな奇妙な躊躇をほんのすこし後曳かしながら。裸木になつた鈴懸樹の歩道を駅の方へ歩きながら、忘れるがいい生れてはまた消ゆるほどにと独言を繰返して止まなかつた。そして、ひよいとポケツの詩を見せまい、見せなくてよかつたと云つたふうな突拍子もない安堵に背筋がかつとほてり、さうした理由もわからなかつたが昂奮がおさまると、すつかり旅立ちの気分に落着いてゐたのだつた。……

太郎のところから斜ひに前方の座席を同年ぐらゐの少女が一人占めにした恰好に後姿を見せてゐた。大判の雑誌を読みちらしてゐる。網棚の旅行カバンや化粧箱がかなり贅沢だつた。移動してゐる温室とでも云へさうな座席の気分に馴染んでしまふと、そんな少女と意識しあつたことが彼をひどく浮つ調子にならした。前夜の焦燥や悲哀それからその午前中の様々な印象などすべて水蒸気のやうに発散してゐた。試験が間近だつたので独逸語の教科書であるリツケルトの論文集を携へてきて展いたものの、いつかうに進まなかつたしその気にもならなかつた。さうして、ふとした着想に例の詩稿を取出すとその裏面へ持つてゐた樺色の色鉛筆で、具島利子へ宛てる走書をしたためた。目的もなく快楽もなくただ汽車が運んでくれるのだと云つたふうにだが、けつして絶望的ではない甘美な身ぶりだつた。書了るとこの紙片はそつくり彼女のためにつくられたもののやうに見えた。また思ひつく儘に詩篇のあひだに薔薇や桜草の花冠、噴泉、停車場の空を舞つてゐた白い鳩など、乱れて明瞭でない輪郭をすぐ鈍くなる鉛筆で描きなぐると、それが驚くほど成功したものだつた。封筒に宛名をしるしたら、そんな自分の手紙のことは意識すらしなくなつてとうとう仮睡をしてしまつた。

諫早駅で例の少女は降りていつた。ホオムを雲仙行の私線の方へ歩く彼女の思ひがけない成熟した両肩に、水色のぶあつな毛織のオーバから感じるいきもののやうなにほいが纏つてゐた。なにかから立上つて現れたやうなその後姿を眼覚めて平静になつた太郎はしばらく追ふこともしなかつた。

有明海を離れた列車はこんど大村湾に添つて走る。対岸に西日をうけた大村町がゆるい傾斜の林地のなかに美しい家並を豆粒のやうに見せてゐる。誰かがこの内湾を戯れて地中海など呼んでゐた。やがて五分間ほどの暗黒を途中水流の上を渡る轟音に単調さが破れたりして解放されたなら、旅人のめざすナポリも程近いと云うべきだつた。

浦上駅ちかく左手の丘陵に赤煉瓦の二つの尖塔を見過ぎると工場地帯を右手に長崎駅の構内にいるのだが、落着けずたいていの乗客とおなじやうに立つてゐた太郎は、――あつと感じた。こいつだな、民造を襲つたのは。その日の長崎は陽が翳つてゐて暗かつた。あの、隧道が二つの気候の境界であつたかのやうだつた。工場や泥溝が煤けていつそう寒々しく見えた。彼はぶるつと身を慄はしてしまつた。民造にとつて容易ならぬものを感じてゐた。……

○

せんに厄介になつた友達の家は諏訪神社の下にち

かく寺の墓地を裏合に控へた家だつた。老婆はさほど驚きもせず喜んでゐた。長崎の人情であらう。門口の井戸で煤けた顔を洗つてゐたら折よく友達は戻つて来た。身丈など太郎よりずつと小さいが利発な面持があつて高商生らしい態度ができてゐた。二人を比べると高校生の太郎には子供らしさが抜けきれなかつた。理由を手短かに語つて揃つて街の方へ出た。落合ふ場所を決めて別れた。

杉原が寄寓してゐるのは病院などの多い磨屋町のその病院の一つだつた。明治や大正の名残りらしい西洋館で玄関口の軒にあたる白い漆喰壁に黒くホスピタルなどと横文字が肉付けてあつて全体が淡緑色にほどよく褪せたそんな懐しい医院だつた。杉原の同窓生の実家だつた。太郎は内玄関へ廻つた。案内を乞ふと木目も判らないほど古びた和室になつた奥の方から看護婦が出たが、予め通じてあつたのだらう、老医師がすぐ現れた。待兼ねてゐたらしかつた。病室への暗い階段を教へながら、気品と威厳に満ちた老人は眼鏡の角を太郎の眼もとに押しつけるやうにして、ほとんど叱るやうな含声で囁いた。独逸語の術語で云はれたのかと途迷うほどせきこんだ調子だつた。実感で意味は通じた。この医師には太郎の身分や彼と詩人の間柄はどうしたものであらうかと云ふことが、問題にもならなければ究明する必要もなかつたに違ひない。漸く小康を得てゐるからこの機会に東京へ返さなければ危険になるばかりだと云つたふうな言葉は、昂奮させないやうにと云ふ注意を聴捨てにした太郎にそれ以上を納得させてゐた。そつと急な階段を昇つた。

病室の前の廊下に膝ついた太郎に病人が期待しながらじつと息をとめてゐることが神経を伝つてのやうに感じられた。その大きな障子に手をかけた時、民造が夜具の間から小首をもたげかけたことが――。細目にあけて強ひてつくつた笑顔を覗かしたが二人が確めあつてお互にほんたうの笑顔をした。

民造が起きかかるのを制して太郎は彼の傍の夜具

の端に腕をついて臥した。そんな姿勢が見舞はれる病人にいちばん気楽なのではないかと思つて。詩人は枕もとを書物やノオトでいつぱい散らしてゐた。千代紙のやうな装釘のインゼル文庫が多かつた。ある私版で太郎が欲しがる「テオ・フアン・ホツホの手紙」をぎよつとさせたほど細い腕に重く支へて読んでゐたらしかつた。

「病気になつちやつて……」詫びるやうに恥しがつてゐるやうに民造は云つた。

あまり会話をはずませることは要らなかつた。

「東京へ帰りたくない？」

「……」

「いいことがありさうで……」民造は咽喉をごくつとさせてまた頷いた。当つたと太郎は得意になつた。

病人が寝てゐる位置から大きな南窓のあちらの空に一本の樟が地平を教へてゐた。南国の冬の陽が終日この常緑樹に戯れて移変り、どんなに病人を慰めもし心安めたことだらう。病室は天井が高く洋室風にがらんとしてゐて気持はさう悪くはなかつたが古びてもゐて民造はどんなに心細かつたことだらう。

それから民造は例の追悼号と太郎が送つてやつた同人雑誌——偶然の一致にすぎないのだがある異才ある画家の追悼号になつてゐた——を取りならべて、蛇に見込まれた小鳥のやうな愚痴を云ひ出すので太郎はそんな弱気を云つてゐるやうでは東京へ帰れなくなるぞと笑つて威すのだつた。詩人はこんどはインゼル文庫を一冊とつて少年を困らさうとするかに示すところを辿ると、ある小説の末尾だつたが、——青年が他家に仮泊してゐて夜分ベツドにつきながら、いつたいこの家族は自分のことをどんなに考へてゐるのかしらんなどと云つた心理描写のやうだつた。つまらない一致だなどと揶揄する少年だつたが詩人の在り方に共感してゐる故に相手へかうして抵抗を試みるのだとは意識してはゐなかつた。

……

看護婦に呼ばれて階下に降りると老医師は太郎へ

駅の出札へ電話してあるから病院からと云つて寝台券を購めて来るやうに命じた。

磨屋町から駅の方へはあの眼鏡橋を渡つて酒屋町へ出る。

深い溝川を脚下にして石橋のその孤弓の頂端に佇んでゐる少年を、数分前の詩人との僅かの時間の離別がまるで永遠の別離につづいてでもゐるやうに悲哀に陥しこんだ。病院の窓の方をふりかへつた。下流の賑橋のあたりの空が、茜色に暮れてゆくのを、川端の柳並木のあひだ白壁のさびた色をみた。ぢたんだを踏むやうに泣きたかつた。身動きのならないやうに切なかつた。誰が、ひとりの詩人が異郷に病んでゐるのを知つてゐよう。この南西の町があのひとにとつて何であらう。自分ばかり……と云ふ思ひは、非力な空虚な在り方にすぎない自分をいつそう思ひ知らして来るので、いつそう頼りなくおどろおどろしく熱くにがい唇を噛むばかりだつた。

大きな料亭などいくつかある通から電車道をよぎつて、由緒あるらしいしもたやの並んだ道を小川町の高台へ登りかかると、青い夕靄は坂を流れ下つて人通りもなかつた。白い小犬が一匹走つたばかりに、風景だ、すべては風景なのだと云ふ悲哀が、歩きつつ諦めてゆく者を奪ふのだつた。

……ある日、太郎はいくどとなく思ひ出すことだらう。彼が長崎へ詩人を見舞つたこの日から時間を遠く隔てて詩人は短い生涯をあわただしく終つてしまつて、清香とて交渉のよすがをすべて失ひ僅かに彼女が東京のどこか一隅につつましい家庭を支へてゐるらしいことを噂に知る時分、この日この夕刻、数日後の再会を約束しながらおほかたの愛人達の場合のやうに最後の一瞬の耐へ難かつたことの記憶は、廊下に膝ついて障子を立てた自分の姿が清香であつたかのやうな、厚い夜具から瞳だけ生きてゐる紙のやうな顔をあげてゐた詩人が自分であつたかのやうな、奇妙な混淆と理解しがたい倒錯を経験しながらしばしば苦痛な一瞬を呼醒すことに違ひないのだから。——また困憊してしまつて夜分など自分の影を追ふやうに歩いてゐる時、ひよいとどうかしたはずみに無意識に清香の名を呼んでゐて、さうした自分にものうく驚くと詩人のひとの心を慰めずには置かないあの微笑もまた水沫のやうに浮んでくると云ふことを。

○

民造と約束の火曜日だつた。

学校から戻ると太郎は一眠りして覚めたらすこしは心地ついたらしかつた。夕食を済して急いで出た。中洲のネオンが紅塵に靄つてゐて珍しく暖い夜気が肌にねつとり絡むやうだつた。書店に寄つて岩波文庫など漁らうと云ふ気になつたが、さて本棚の前にたつと当惑して了ふのだつた。疲れてゐたからか。迷つてさうしてその儘立去りにくくて、ひよいと「歎異鈔」をとつて少女に与へてからすぐ後悔してしまつた。こいつを選んだのはたしかに醜い惰性にすぎなかつたからだ。この書物の運命は太郎にあつては清香との交渉に始りさうして終つてゐることをまだ見抜いてゐなかつた。なんとなく嫌悪をおぼえて書店を出た。それから喫茶店でアイスクリームの折をつくらし花屋で大輪の白いカーネーシヨンを二本包ませた。その二つを抱へて歩くと心がすこし晴れて来た。

長崎発急行は下関で特急富士に連絡する。機関車に直続した三等車と云ふ約束だつたので、デツキを降りて来る民造をいちはやく見出した太郎だが、彼の方がよびかけるまでなかなか気付かず、民造はいつまでも遠いところを探してゐた。最初の晩のやうにすつかり元気をとりかへした様子がまづ太郎には嬉しかつた。すぐ車内に乗込んだ。

パラフインの紙包をうやうやしく捧げてから、溶けないうちにと空色のバツクを開いた。ほんとに旨かつたからほめそやした。

「帰ることになつたらこんなに元気になつちやつて、帰らなくつてもいいんだが――。大村に移つてもよかつたのになあ。」

「大村？　駄目だ。そんな現金なこと云つて。明日の昼すぎはお母さんのところに着くんだから。」太郎の言葉に民造はそれもさうだと帰ることの方がやはり愉しさうだつた。

　大村の地名が全くだしぬけに飛出したので、太郎はちよつと通じなかつたがあのことだつたかと気づいた。親しい級友に大村の医師の息《むすこ》がゐたので、もし民造が休養するのなら大村の方がよいかも知れないから都合によつては紹介してもよいと以前手紙を書いたことがあり、友達の家の方の内諾もとつてゐた。こんな民造の在り方だつたと、彼の予測できない危険な状態を思ひあはすと太郎の胸にそんな言葉の端が迫るのである。

　しかし太郎が句会にはじめて誘はれて紅葉の兼題だつたので、「紅の山がきみの肩の上」と云ふ一句を出したら素人の句としてとかくの批評をうけたことを話すと、民造は俳句はつまらないよつまらないだらうと自信をもつて決めつけた。それから詩について二三のことを語つて、彼は饒舌になり元気づいた。

　民造は彼が敬慕してゐる作家や「測量船」の詩人など、云はば抒情詩の正統をまもつてゐる人達の雑誌でいちばん若い有力なメンバーにちがひなかつたが、彼自身あきたらなく感じてゐるのだらう。「午前」と云ふ雑誌を明日の詩のために創刊すると云ふ。

「この雑誌の扉をレンブラントが飾るやうにもう用意してあるんだよ。」

「午前！　わかるわかる。午後でなくつて午前でなければならないつてことが。それから、今日の詩はみんな午後の詩だつて云ふことも僕はわかるやうな気がする……」

「さうなつたら君も加へてやることになるんだけ

ど。」

「ええ。だけど僕はもう詩がかけなくなるんです。」

偽ることのない民造の唇うらで太郎はまだ資格が乏しさうだつた。それに、いつになつたら詩へさうした毅然とした態度をもつことができるのか、一つの詩をつくりあげると前途は暗黒のやうに不明な、絶望的に不安になりがちな彼ではなかつたらうか。かつて詩をつくつたと云つたふうな経験や記憶がいかほど役立つことだらう……。

しよげて顔を背けてしまつた少年が面白くてたまらないかのやうに眺めまはすと民造はたうとう声にだして笑つた。

「どうして？　熊本から来てゐる僕の友達だけど詩を書いてゐて、やつぱり君とおんなじやうに時どきもう詩を書かないなんぞ宣言してゐるんだけど、そのくせまたこつそり書いてゐるんだよ。久しぶりその友達に逢つたやうだ。君の話や声やアクセントまでそつくりなんだから。」

暗い硝子窓の方に眼をちらちら放つて自分の悪い身ぶりを考へたりして、自分の気持などたうてい説明できさうになかつたが、民造がすつかり元気さうなのに、太郎も来春なるべく東京に出たいのだがなど相談するでもなく話した。太郎の健康や家庭の事情を聴いて東京から彼の母親へそのことで手紙を書かうなど、いちど反対してゐた民造はかへつて意気込んだりした。太郎も彼の肉体についての不安などいつか忘れてしまつてゐた。しかし彼が四隅を折つた厚紙に赤いものの交つた唾液を吐くのをうかがひながら、少年の頬は無意識に痛さうにひきつつてゐた。自分だつて咽喉が悪くてあんなこともあるんだからたいしたことではないんだと思ひこんではゐたのだが――。

門司の構内に列車がいつて用意にかかつてゐたらポイントの動揺で民造は名刺箱をかへしてしまつた。そのあわて方は吹きだしたいほどの観ものだつた。この車内で二度ほど移動係に調べられたと云ふそんな民造のもつともな理由を太郎はみつけたやうに感じた。

船脚の鈍い連絡船内は睡気を催すやうにものうく暖い晩だつた。東京弁が聴かれると民造は喜んでゐた。詩人に九州は苦手らしい。保養するのなら盛岡がよささうだと云ふことに意見は一致した。

下関駅のホオムをなまぬるい気流が、湿気をふくんだ大気が吹いた。

「ほら。本土になつたから風だつてこんなに優しいだらう。」

「こんな東京の風、僕は苦手だな。」そんな応酬がせい一ぱいの気持だつた。富士の発車までほとんど時間はなかつた。

杉原民造が沈痛な真面目な表情でデッキに立つと僅か数歩の間隔が青年を少年から及び難く遠いところにひき離してしまつたやうだつた。あわただしい発車のベル。なぜ山崎太郎はおづおづとでもよい詩人の掌を握らなかつたのだらう。この悔恨がいつまでも彼を繰返し襲ふことだらう。列車がその位置を移しはじめた瞬間だつた。民造は大きな瞳で少年を離すまいと努めながら、顔をゆがめて自由な片手に覆つたかとおもふと、絶えいるやうな戦慄させるやうな凄じい空咳に胸を折つてしまつた。危いと二三歩少年は列車を追ふのだつたが――。

その空咳が彼を奪つてしまふかのやうな不安を列車はなまぬるい湿気にあふつて遠去かつた。

展望車の外人など憩うてゐる明るい車窓。闇に消えた赤い尾燈。……

彼等は再び逢ひはしなかつた。色鉛筆も交へてつくられた絵葉書が候鳥のやうに南方を音訪ふことも望めなかつた。

○

肉体を日常の慣習に委ねてしまふことは、自分の生を一つの高い気圏に営んでゐるかのやうな静謐な時期にあつてはさう無理なことではないやうだ。ただ深い疲労の頼りなさにふと眼覚めたとき、なにか親しく甘い体臭を云はばより低い生を回復するためのやうに懐しむものだ。太郎は長崎への二度目の旅行——一泊の余裕もなく夜行で凍えながら帰福した——を試み、下関であのやうな別離をしてから幾日間と云ふものはそんな悲哀のなかに閉ぢこもつてゐたが、ひよいと利子のことを思ひつくと無性に彼女が恋しくなつた。まるで自分のさうした秘密を知つてゐるのが彼女ひとりであり自分の帰るべき故郷が彼女の周囲の雰囲気ででもあるかのやうに。

彼のやうな少年はつねに第二の家庭を——それがほんたうの家庭であるかのやうに信じこまうと——求めてやまないのに違ひない。……

夜にいつたばかりなのに具島家の門は締つてゐるやうに見えた。玄関の燈も消えてゐたが応接間の窓が明るいことにしばらく太郎は息を呑んで佇んでゐた。押すと門は容易に開いた。ベルを鳴らしてじつと立つてゐた。玄関が明るくなつた。利子が応接間から出て来た様子。

「あら！」あんただつたのねと云ひたげな彼女のはればつたい表情とゑくぼ。その着易さとすこし皮肉の入混つた笑顔。彼は泣きべそをかいた子供のやうだつた。

「疲れたんでせう、どうしてらしたの、でもよかつたわ。」

「もう済んだから……なんだかんだと学校の仕事なとあつて。」

実際、その日の午後で三日間の予算委員会が了つてゐた。

居慣れた応接間に招かれながら重心の安定しない気分に彼は幸福を味つてゐたのだ。彼女はなんと云ふことなく長椅子に横になつてゐたのだらう、どうしたわけか母親の黒いお召など羽織つてゐたが苦笑しながらてばやく畳んでしまつた。部屋はかなりとり散らされて灰皿も空気も汚れてゐた。彼は細い窓を開いた。冷い夜気が快く流れこんだ。

彼は窓に凭れて彼女が茶卓の上に二三冊の書物や茶器など片附けてゐる後姿をなんとなく見てゐた。彼女の赤い博多帯や刈りあげた青い襟あしがふと彼女の年齢を考へさせたりした……と、向壁の長椅子の隅に小さく折畳まれた白い紙片が、彼が彼女に送つたものにちがひない詩稿が、死骸のやうに棄てられてゐたのだつた。嶮しい顔になりはしなかつたかと自分の心の衝動に驚いて彼はまたくるりと振りかへると、遠くの方に空地をはさんで立つてゐる電車のシグナルなどを眺めた。彼女がその詩稿をなにげない様子に取片づけるのを背後に鋭く意識しながら。

——

利子がとにかく客間らしく整つた部屋へ新しい紅茶など用意して戻ると、太郎はレコードをかけてゐてそのビクトロラに頬づきしながらそんな彼女にも無関心を装つただるい姿勢で、つねづね彼が好きだと云つてゐる旋律に溺れこんでゐるやうだつた。

……「カメンノイ・オストロフ」ボストン・ポップス演奏。サウンドボックスが傷んでかその高い振動数のためかレコードは旨く乗らなかつた。それが傷み易い聴いてゐる者の心にいつそう適つてゐたやうだ。北方の光線やぶなの林地や緩慢な水流など見えるやうな短日の午後を、王宮の住人達が逍遥してゐるそんな風物詩……

利子が女主人らしく落着くと太郎はレコードをそれつきりに止めた。

「到来物だけどきつとあちらのよ。うちは誰も飲まないからわからないわ。」

「ほんと！」彼は物珍しさうにとつて角瓶を透してみたりした。彼女はその口金を切つて、レモンを浮べた茶碗にこぼした。

彼の芽生えてゐた不幸はウイスキーの香気に溶けてゆきさうだつた。二人きりだと多弁になつたり揶揄したり冗談にしたりしてしまふ二人が、へんに黙つてゐることに安堵を感じてゐるかのやうにお茶をお代わりして愉しんでゐた。……

詩人のことは一度彼女へ話したことがあつたがあまり冷淡なあしらひで、その民造さんとやらなど云ふのでそれから自分の旅行を書いても彼のことは書きもしてゐなかつた。

まるで太郎の意識しない秩序のなかで民造は壊れやすい最後の夢想で利子はその危険な現実だと予期されてゐたかのやうに。

玄関のベルが鳴つた。

誰だらうと利子は太郎へ不審げな同意を求めたが、彼女が応接間を出ると、彼は再び鳴つたベルに不吉な予感をおぼえた。彼は帽子を握つて立上つた。

「小野さんだわ。」珍しくもない嫌だあと云つたふうに唇をぷつと尖らして戻りながら、彼が帰りかけた模様に、

「いいのよ、いいの。居らして――。」

「僕、もう疲れたから……。」

「小野さんには帰つて頂いてもいいんだわ。」小声に囁いた彼女の言葉には彼の理解できないものと彼へ懇願するやうなある態度と感じられた。

「まさか？　積る話だつてあるんでせう。僕、けふは帰ります。」

皮肉ではなかつたがよくかうした場合の彼女に彼はある反撥をおぼえてゐた。

「いやねえ。」彼女は身振りにそんな彼の言葉を打消しながら、ごめんなさいと無意識に媚びてゐた。

太郎は学校の英文科の若い独身の教授である小野を校内でもほとんど無視してゐた。直接の関係がなかつたうへ稚拙すぎる二三の作品と卑屈を覆つた尊大な生徒への態度に好意を抱いてはゐなかつたから。

先客があるのに躊躇してゐたらしい小野はそれが自分の学校の生徒で利子の文学友達にすぎない山崎だと知つてか、その先客が帰りかけた気配に這入りかけてゐたのに、現れた太郎がゆつくりと編上げ靴を穿くので利子へ非難しかねないほどの苛立たしさ

をおし隠してゐた。では今度ねと利子のこぼれるやうな表情は、小野の存在に全く無関係なものだつた。

太郎が教授に会釈して出かかると入替ひに相手は、

「君、君。自殺なんてよした方がいいですよ。第一、見苦しいですからね。君の親御さんはどうします？僕は君のためを思つてゐるんだから……」

「……？」

数歩踏み出してゐた太郎は門口のいま一人の青年と誰かと見究めようとしてゐたのだが、その露骨な語調にぎよつとして脚が停りゆつくり背後へ身構へた。ほとんど彼の肩ほどしかない小柄な小野の強度の近眼鏡を凝視せずには居れなかつた。弱気なしかし一癖ある白眼を認めたとき意味もなくさうかさうかと納得して、

「あなたにまでお厄介をかけることはありますまいが、どうも……（すみません！）」

それだけの応酬で自分の頬がぴりぴりしたことをひどく醜く感じてさうした自分へあたまがあがらないかのやうに語尾は冷嘲のなかへ消えてしまつた。

門口に当惑げな大学仏文科の助手である青年へ帽子を傾けると——利子の家の応接間で紹介されてもゐて講習会の講師だつた——振返りもせず彼は脚速に歩き去つた。俯目になつて歩くほどに胸郭が、しぼんでゆき、鈍痛が全身を襲つてゐるやうに肉体ばかりを感じながら精神は空虚に漂ふのだつた。どんな刺戟をうけいれる感覚も持たなくなつてゐたやうだ。……

自殺！　考えてみたことだつたか。たとへば自分の現在にあつてそれを見苦しく犬死しない理由が成立つだらうか。誰が病人より死に近づいてゐると考へられよう。——あたまが割れるやうに燃えてかつと火になつてはその燠はまたすぐ消えた。馬鹿なことを！　誰が自殺など考へ云ひもしたらう。「死と詩人」が自殺を意味したことか。わが詩句は博士

も解かず、だ。終夜詩人は誘惑と闘ひつづけねばならなかつたが、未明、睡魔に委ねることはあつても悪魔になど魂を売りはしなかつた。だから詩人の内部に午前を約束すべく戸外へ詩人の外部へ、薔薇色の朝が音訪うて来るのだつた。

——顔をあげてあつはつはと笑ひたかつたが、瞼が醜く痙攣したばかりだつた。

闇に停留所のあたりが明るくシグナルが一きは赤く目立つた。

その時遠方から遠雷のやうに轟いて来る電車の疾走を聴くとへんに五体が震へてきた。それほど寒い晩ではなかつたがマントを抱合ふと寒いぞなどつぶやいてみた。踏切を越えて待合所には寄らず枯草の空地を踏み固めた小道へとんとん降りた。その僅かな運動に冷静がすこし還つた。小野と云ふ男を——教授などと尊敬できないほど愚劣な男を——考へてみようとしたが無駄だつた。憎悪とか侮蔑とか云ふ感情の対象にすらならなかつた。さうした意識的な努力を裏切つて今夜の利子の姿態が前面にたちはだかつて現れて来るのだ。

そんな執拗な面影を振捨てるやうに、

「馬鹿なをんなに過ぎぬ。」

と、つぶやいてもみた。

ほつと一息ついたが、——そいつは幽霊のやうな奴だつた。あらゆる女の属性を眷属のやうに引具して立現れて来る。

「なんだ聖母でもあるまいに！」

彼女もまた普通のをんなだとわかつたのに過ぎぬとかう云ひきかせると、なにか残忍な喜悦すら湧いたやうだつた。しかし脚元からその自惚は根倒しにされてしまつた。——安永一が大きくたちはだかると無言の儘太郎を冷嘲しはじめてから。彼の背後により添つて彼女もまた威力を盛りかへして愚弄するのだつた。それを観念しなければならなかつた太郎は突然自分の悲惨な姿がなぜかしら彼女の従兄の病的に痙攣しがちな顔面や刺々しい口調にまで似通つて来たと思つた。夏休みに彼女の家の応接間でよく出逢つたことのある、白シヤツで転んでゐた煙草のやにを全身から吹出してゐるやうで無力な感じのする男とどうして自分が同じであらう？　俺はあんなに非力なのか。

「もうよい、済んだことだ。絶交！　こいつは素晴しい思付ぢやないか。」

太郎はそこでやうやく利子へぞんぶん遺恨を晴らすことができたやうに思つた。内部の酔態が吐きちらす痴言を同僚のやうに聴いてやりながら、彼は林木の多い屋敷などある暗い小路を都心の方へ歩きつづけてゐた。

男性にとつて一つの顔は魔性である。彼女の顔こそ彼の我執の表象にほかならないことを恋する者は一人として知つてはゐない。

太郎は利子との今後の交渉を恐れてゐたことだらう。怯える者のつねのやうに激しく惹かれてゐたただらう。自分でそれと気付いてはゐなかつたが奥深い本能が警告を発してゐた。陥穽へ数歩前。すでに軟弱な地盤を歩いてゐた。――彼はまだ知つてはゐなかつた、意志が誘惑を堕落を選ぶと云ふことを、溺れるものへ投げられる一本の藁の例へを。本能だけが最後の防禦者であることを。肉体の背後に意味など隠れてはゐないのだから肉体に拘泥しすぎることは、肉体を持たぬ観念のやうに振舞はうとすることと同じく罪悪を犯すことだらう。この暖かつた冬、十二月のこの晩、明かに太郎の卑屈な歴史――彼への苛烈な刑罰は始つてゐるのだつた。

○

「先刻はたいへん失礼いたしました。小野さんがあんな失敬な言葉を吐いたことが気懸りでほんとに済まなく存じますし、お家をよく伺つてゐるのなら謝罪に参らうかとも考へますが。――とりあへず一筆致しまして色々な事情を申し述べませう。それでなほお怒りなら私としては取るべき方法もありませんが、まあ幾分なりは小野さんのあの言葉までの消息をお理解なさつて下さい。

貴方のお手紙（詩稿）は私をひどく驚かしてしまひました。すぐお返事を書いてはみたものの例の癖から出すのは止めてしまつたことでした。しかしあの手紙のなかの真実は私の胸を完全にどぎまぎさせてしまつてゐました。これには私として理由がなくはありません。私を怖れさせるあのやうな手紙、私にしてみればこんどが三度目なんですから。つまり貴方が三人目だと云ふわけなのです。その最初のひとは死ぬ死ぬと申しますので私がひきとめたら、あとで狂言だつたのだとわかり口惜しいやら、私は決してこんなことに驚くまいと固く誓ひました。二番目はそれが従兄なので――どうか他言なさらないで下さい――やはり死ぬと云ふのでしたが、私は前の経験もあつて放つてゐました。ひよいとした口論のはずみに私が彼に死ねる位ならなど口をすべらしたものですから、彼はほんとに自殺を試みたわけなのです。幸ひ薬を呑んで来たのが私の家だつたので未然に防ぐことができましたが、遺書が私にだけ当てゝあつたことと云ひ、私は私の浅慮を悔むとともにそれから怖しくなつてしまひました。それから後と云ふもの従兄は何かにつけて仄めかすので、びくびく者の私はそのたび一さんと大騒ぎするのですが、この頃はもう馴れてしまつたし一さんも放つておけよと構ひません。そこへ貴方のこんどの手紙だつたのです。

貴方は死ぬのではなかつたが、その気持が、――長崎へ行きます。急行券買つたら五〇銭残つた。」なんでせう。貴方のこんな放浪を知つてゐるのは私ばかり。放つておいて若いひとに過ちがあつてはいけないと考へるのが当然でせうね。一さんに相談なり行かうとしてゐた折、小野さんが私の家に来たのです。彼氏の用件と云ふのはあの富塚さんとの婚約を解消しようと云ふ話だつたのです。

私の方へはこの結婚には家族の者が皆反対だからと云ふ理由でしたが、小野氏らしく興味がなくなつたのが真情でせう。菓子折なんぞ持つて来て済む話ではないのです。

富塚さんは死ぬ死ぬと云つて泣きます。

そんな富塚さんのことを私から聴きながら小野氏はレコードを漁つてゐて、

「あの人を気の毒とは思はない。僕はかうしてゐる方が（と聴きふける恰好をして）ずつと愉しいんですよ。」

など云ふんですよ。私は貴方の手紙を読んでゐた時でしたから、富塚さんの泣いた姿、かうして居坐つた小野さん、それから長崎へ行つた貴方の姿が混同してしまつて、

「失礼ですが今日は用事もあつてお引取り下さい。」

と申しましたら彼氏は狼狽して、

「いつたい、その手紙がどんなに重要なのですか。」

と反問するので、

「貴方のやうに女のひとを泣かして平気なひともあるが、この手紙のひとのやうに死んでは困るひともあるからとにかく帰つて下さい。」

と云ひますと、

「貴女はひどいひとだ。」

など云つてやうやく御輿をあげて帰りました。しかし手紙が貴方のだとはその時まで小野さんは知らなかつたのですよ。

一方、結婚が絶望になつたらしいので富塚さんはたいへん激怒して、木村さんを連れて小野さんの家へ押しかけたのです。この頃富塚さんがひとりで行つては小野さんは逃げて出ないのです。その日も居留守をつかつて小野さんは出ないので、木村さんがなにか啖呵めいたことを一言いつて帰つたらしいのですが、高校生だつたと聴いて小野氏はてつきり貴方だと決めこんだと思はれます。木村さんも後で、

「山崎君と思はれてゐるかも知れない。」

と、申してゐたそうです。

今夜の小野さんはそのことが根にあつたと思はれます。玄関先であんな失礼なことを申しました。ほんとにお許し下さい。私が平常通りだつたらあの日貴方の手紙でなぞ彼氏を追払はなくてもよかつたでせうに。富塚さんのことがあつて平静でなかつたのだと思ひます。今夜二人が揃つて来たのは小野式のお機嫌とりで、富塚さんのことから私が気を悪くしてゐるだらうと、翻訳料を口実にして夕食へ誘ひに来たのです。貴方とのことで大学の助手の方も入るなり、

「お前はひどい奴だぞ。」

と小野さんへくつてかかりましたが、私はもう二人とも御免だと云つて上つて頂きませんでした。貴方と五分違はぬほどでしたからすぐ停留所まで出てみましたがお逢ひできませんでした。一時間ばかりして小野さんは一人で貴方のことを詫びに来ましたが居留守を使ひました。

小野氏についてはまだ色々なことがあつて、いづれ篠井先生や私の母校の知合ひの先生方に申上げたいと思つてゐます。

これからは私が貴方に申さねばならぬ言葉——。

「長崎で投函します」とあつた貴方の手紙、消印をみたのだけど不明でしたが、それで受取つた私が貴方は長崎に行つたと思つたのは無理はないでせう。ところが富塚さんの家で木村さんに逢つたら月曜日貴方は終日出席してゐたと云う話。私はすつかりかつがれたと信じて腹が立つたわけです。ところが一昨日下関の消印のある葉書でせう。放つておく決心がまた鈍つてしまつて、それに試験前ではあるし行方不明などになつてはお家の方が心配なさるだらうと思ふと、「こんどはどこに現れるか」などの一行がへんに迫つて来るしこの秘密を自分一人が背負ふのはやりきれませんでした。貴方が逃亡したと思つたのは無理もないでせう。それで一昨晩、一さんの下宿に相談に行つたら相変らず放つとけよと云ふん

です。それで私もいつか気持が楽になつてあの手紙の時からの心配も除かれたわけでした。帰途に富塚さん宅によつたら皆さんから、よいお機嫌ねとひやかされたほど——。

今日貴方が無事に戻つたことはたいへん嬉しかつたが、考へてみると私だけが騒いで損をしたみたい、腹も立つてくるのですが小野さんの件があるから帳消しにしませう。

お願ひですから二度とこんなに驚かせないで下さい。

現れたのは貴方流に云へば、「健康と云はれる」僕なんでせうね。手紙でなければ云へることがまだありますが、この位にして筆を筆を擱きます。

読みかへしませんしまた乱筆乱文のことあしからず。とりあへずお詫びまで。これつきりかも知れませんわね。今日までの御友情を感謝します。さようなら

具島利子

山崎様

Ⅲ　エッセイ・雑記

花がたみ

期日も明日になつた、宿題を急ぐ気持なのだ。命ぜられたは何時の日か、約束のものを今日まで伸して感傷が、ともすれば先立つおもひだ。炎暑のことに激しい湖畔の宿で一月にあまる運動旅行の疲労から、眠られない毎晩の枕もとを飾つてゐた汚れた雑誌—花筐一篇のため、いく度旅行カバンから取出されたことだつたらう。あれからもう三年になる。ゆくところ、ここだけしかない。日本一の湖水のグリンランドとよぶ城跡の小島の松かげに、白堊色の遊覧船へ濁りのない眺めを無意味に放ちながら、ぼくの感慨はそれにつきた。悪しき徒労。帰るところへもどつてきたぼくは既に病気になつてゐたのだつた。

この間（十二月三日）四度、檀さんを特科隊へ、こんどは立原道造氏と訪ねたが、檀一雄は某地へ出張して留守で二人は花畑の停留所に柳河行を待つてゐたのだが、道造さんは、ぼくは「風立ちぬ」堀辰雄を三十回読んだら、きらひになつちやつて「風立ちぬ」の続稿は書かぬことにしたよ、と云つた。四季へ毎号つづけてゐられたエツセイのことなのだ。三十回読みかへして嫌になるのは、いやになることとは別である。さう、ぼくは花筐にいく回眼をとほしたかしら、と考へてくると、檀一雄を書くよかくよと誰かれに云ひばなして来、檀さんにもいひ（ぼくは未だ一回しか逢はないが）皆の顔が前にちらちらし始め、そんなに読んではゐないし、さて何をまた云へばよいのであらうかと少し恐しくなつたのだつた。丁度一年前、やつぱり今日のやうに風邪けらしい身熱になやみながら、せつせと書ぬきをつくつたことがあつたが、今更それをもち出しても役立ぬばかりか、かへつて邪魔であらうと、檀一雄などどうでもよい、ぼくのことを書けばそれで足りると、そそくさと筆をとつたのだつた。

　家兄の書棚から哲学書を五六冊金にして手にいれた去年の七月末、檀一雄は応召の身西下の途にあつたのだつた。収むる処「此家の性格」以下八篇。今日、明日のぼくの道に立たしむることになつた「花筐」がこの本の標題となつたわけだ。

『すると父が廊下をみしみし渡つて来て、琴弾く間があつたら草を取れとどなりに来た。僕もカツとなり側にゐた妻を間抜け奴がと、ピシと打つのだつた。妻は泣いて母屋に走つて行つた。森とした部屋の中に僕はごろりと横になり、そつときき耳を立ててゐた。妻は義母の前で僕と父の手ひどさを告げ泣きじやくつてゐるやうだつた。義母がそれをなだめてゐる。こみ上げて来る不快が一気に爆発して、僕は妻の琴を廊下から岩に叩きつけた。

　妻と義母がとび出して来た。妻は子供のやうにわめき義母はおまへとんだことを——と妻の肩をさすつてゐた。疵の入つた琴を三郎がかかへ上げると、丁度其処へ出て来た父は、馬鹿叩きわつて焼いて終へといふのだつた。三郎はふるへてゐた。僕は生活にも愛情にもにせものとほんものとを判つきり分ける刃をぎりぎり刺し込まうと思つた。妻はそれ以後眼鏡を懸けたりはづしたりしてゐたが、一度僕が義母が本当はその眼鏡の蔭口をたたいてゐるのだとほのめかして以来決して懸けなかつた。』此家の性格
　日常、ぼくらを脅やかす汚辱と絶望からなほ贋物と真実をぎりぎりに切裂く、与へられた生命が檀一雄のものであつたら「此家の性格」は作家檀一雄の宿命を決定した。あらゆる憎悪をむき出しにひきむいて、己自身のアセリをどうにもなし得ない寂寥のなかに最後の救済がある、と書けば、日常性と精神の限界に一切を賭けて生命を保つてゆく（仕事をは

たしてゆく）ことの苛酷と忿怒を安価なものと見せるかも知れぬ。あくまで少数者の宿命なのだ。檀一雄はかういふ血統の烙印を帯びた一人として現代に、何より昭和年代に現れて来た。

人云ふ。お前は花がたみを弗箱のやうに抱へて歩くが、たいせつな生活はどこにも無いではないか、あれは観念の身ぶりにすぎない、小器用にまとめられた化粧箱だ、嚢中のキリはキリであつて充実した実体ではない、つまり中身がないよと。芸術のなかみとはなんだらうと野暮なことは尋かぬ。新聞づつみではございましてもと香具師の嗅覚をぼくは期待しない。その限りに於て、「美しき魂の告白」は限りなく美しい作品に違ひない。この美しい追憶体のなかで、何が美しいと云つても、個物に捕へられた自然ほど美しくはない。『それほど多田の思ひ出には純粋な風物の記憶のみがまつ先にくる。』といふことばは、祖母、峻、ぽーら、母、福栄寺の和尚と、それらすべての人達も同じ高度に於て自然ではなかつたか。多田はこれら純粋な風物を映すそれ自体意味をもたない純粋の小さな鏡の如きであらう。唐辛子、黄薔薇、ぼけ、柘榴など。そして狐が射殺されたといふ椋の木の下にゐてぎよつとさせた猫も峻の釣針にかかるはやも小砂利の上に射落されて狂ひまはつた鷹も縫針に刺されて血を吹く家守も、手足をもがれる蟹も、すべてむしろ植物のすがたしか見せない。かういふ高密度では亦、植物も動物も鉱物にたいへんに近いのではないか——ちやうど多田とぽーらが川原から純白の石英を探しあて、丘のスロープの洞穴でそれを擦つた。『ひやつこい感触と石の擦れ合ふ音、華麗な火花。やけるやうな歓喜だつた。』やけるやうな歓喜や、狂ふやうな、すべて感受性の記憶はなされた、告白は自然以外に何物でもなかつたのだ。だから『現象の背後に押寄せてゐた時間と空間の不可思議な断層』『多田には時間が停止するやうに感ぜられることがある。言ひかへてみれば、今迄流れてゐた時間の奥行が不意とたちとどこほつて、そこにはただだだつぴろい空間のひろがりが漠漠と迫つてくるのである』といふ『おそろしい断層に直面したときには、ふりかへるほど一々の瑣細な契機が殆ど予感の形式をそなへて否応なしに最後の破局にまで導いてくるものだ』といつても、破局を語る告白にはならなかつた。

『何のために離れに行つたのか、それはわからない。夢遊病者のやうにただ約束の掟に引曳られて歩いたまでだ。眼の前には障子がほんのりとかすんでくる。それをあけることはきまりきつた多田の宿命であつた。その手をふるへさせてゐたものは眼に見えぬ因縁の司であつたらう。多田は殆ど無意識の厳かさではげしく障子をひらいた。明暗は多田の眼にはつきりと冴えて、祖母は峻を抱擁してゐた。祖母の仄白い内股が素速くかすめ去つた。それは殆ど内容の空虚を示すばかりの清潔な風物であつた。多田はそれが何であつたかを理解しない。』しかし、祖母が四十歳の若さをもつてゐたにせよ、あまりに清潔ではないか、透光体のごとく、光のごとく。

これ以上、僕は引用を憚るだらうが、最後にひとつ許して貰ひたい。

『竈の奥にはまだ一本燃えさしの薪が光つてゐた。台所全体がぼんやりと暗い。多田は勝手口の扉が一尺ちかくひらいてゐるのを見た。――そこには闇がのぞいてゐる。「光を闇にうつさねばならぬ。」それは言葉となつてしばらく多田の耳に響いてゐた。多田はその耳鳴りにあはせて、「光を闇にうつさねばならぬ。」と繰りかへした。それがいつのまにか口の中ではつきりとした音響に昂まつた。するともう今度はたちどころに行動にうつさねばならぬといふ厳粛な命令が轟くのだ。多田の魂の中を妖気がかすめた。突然、多田は燃えさしの薪をつかむと、洪水のやうにをどる胸を支えて走りだした。外は暗い夜である。その闇の中に一点の光が咲いた。それは見てゐるうちにいつしらずせまつてきて自分の眼にくひさがる。多田は闇のなかに縦横にまはし始めた。

細い光の渦がくるりくるりと回転する。回転するたびに虚空の彼方にぼけ去るかと思ふと眉近くしのびよつた。回転の度につれ多田の精神の中には不思議な歓喜が高潮していつた。「これは地雷の口火だ。この口火に触れると何もかも木葉《ママ》微塵に爆破するぞ。」庭隅にたちふさがつてゐる欅の大木が、多田の眼の中で轟然と音を発してくだけとんだ。「光つてゐるのはたつた一本の薪の燃えさしだ。だがこれは爆薬の口火だぞ。」多田はもう消えかかつた薪を剣のやうに右手にかざして庭一杯を狂ひまはつた。』

　このすぐ後に、前出の恐しい破局は続くのだが、これは美しい告白といへるかも知れぬ、少年は魂そのものが踊りあがる姿であるかも知れぬ。光を闇にうつさねばならぬ。これは全く告白なのだ。ここでぼくが先刻の、ほら芸術のなかみは何ですかなど反問したなら、たつた一つ、ぼくはぼくへのイロニイを許すことにならう。土台このやうな掛合をぼくは好まないのであるが。

　先を急がねばならぬ。花がたみ一巻の作者はまたこの中なる「夕張胡亭塾景観」の作者である。八篇はこの一作を抱擁して同心帯、乃至小太陽系をなす。寧ろ「花筐」は彗星的存在であらう。これは後記する。はづかしいことだが知合ひのもの堅いお家のむすめじやうに、常日頃小説など読みんしやれんとなら返つてと、ぼくは太宰治と「蘆刈」それから「花筐」を貸した。治のは「雌について」をよむとあとは恐しく手にしなかつたらしい。花がたみと夕張胡亭二つで充分と云つてやつたら、胡亭が面白いとこたへた。「綾さん、か?」とぼくはかう小さく笑つてだまつてしまつた。めいめいかなしく一つのことを考へてゐたのだ。決定するものは美であるか、モラルであるか。それはわからぬ。美を決意させるもの、と誰かが書いたやうである。それがいちばん近いのでもあらうか。ただ、モラルは口端にあがる可きものではない。モラリストが芸術はつくらない。しかも、最後に芸術が捕へられるのは何であつたかぼくらが奪はれるものは。十六の暮寺に連れこまれた綾は来客の度その饗応にあてがはれた。廿五の綾と廿三の真吾は住職が雪崩に死んだ後逃げたが、住職の足袋を形見にもと、押入に置忘れたのが心残りになるをんなだつた。胡亭は舞ひこんだ綾から病気をもらひ、外国の放浪から帰つた小弥太も真吾の真正な情熱を受け継いだんだと綾を抱くのだつた。何故にすべてがかうもおほどかに許容され、肉体の有難味をしみじみおぼゆるのか。太宰治の狷介をぼくらの寛容のうちに置く所以でもあるのだが。

檀一雄の小説は所謂論理を進化せぬ。結論から筋道を展くところ、従つて読者の諾否に有無をいはせぬところ、川端康成氏の文章と比較さるべきか「雪国」ほど一息に読ませよみかへさせる作品はあるまいと思ふものの、あの作品はたまらないなと幾度扉を閉ぢる時の感慨である。人間を傷つけずにすまぬといふこの人のいたでを、無意識の好奇心から熊手でかきまはすやうな喝采なのだから、さういふ大向の頬けた張りたふしたいなと小さく憤ろしくなるものの、禽獣のとりあつかひは息つくこともできないといやなのだ。感傷の弁といはれても駒子はコリイや菊載にしか見えない。己がうちにあふれかへつて余るものの自らの肉体にかけて排泄されずに、禽獣の精神に注がれつくす為、奪はれるものはつねに禽獣なのだ。ひとなみに動物ではありえなくて、ワイヤアテリアでなければならぬ。対等に動物であり、おなじく人間でありたいのに。しかし、この川端的極限値は、ぼくが拒絶されねばならなかつた、頃日始めて知らされた驚異でその作品に心惹かれるほど、把握であつた（かういふ言葉を用ふることはたいへん非礼であり、また妥当なものでないやうに恐れるが今は止むを得ない。この稿、川端康成に関するかぎり抹消したくもあるが、さうするとこのノオトをとりはじめた意味すら稀薄になるから何時か償ひたい）が反作用的に檀一雄をしやべる勇気を与へてくれたのだつた。つい四五日前、バツハの馬太偉を聴く。オルガンとコオラスの壮大なる建築とよぶ。これは観念ではないか。ぼくははたと得心した。生活から日常性を抜くとつまり観念なのだ。夕張胡亭に現れた生活は日常性をぬかれ、また観念にまで高められた日常性なのであつてぼくら廿代の者を訴へるのは対等の肉体によつてはたされるお互の感情のありがたさなのだ。この脚位からすると確かに川端氏をモラリストとするときぼくらはさうでない。ぼくらはデカダンだらうか。ぼくらが健康なら川端氏の健康はちがつたものであるに違ひない。綾といふ女性を三十代、勿論四十代もふくませて、の誰もが書かずに檀一雄が書いたのだ。廿代のモラルが（ぼくはまた何と愚劣な言葉を認めるのだらう）始めて廿代の作家によつて確立された肉体を与へられたのだつた。ぼくはモラリストではありたくないが仏教徒、クリスチヤンといつた善き意味合で、だらうといふと、エツセイを書くある婦人が、たいそうなまぐさいほとけさまのやうだわと云つた。かういふ説話は昔からありがたく存在した。

肉体を与へられたといふことが、繰返しいふのだが昭和年代、廿代作家の強みであらう。くぐらねばならなかつた思想もモラルもない。贋造物をたたき殺す情熱と信頼だけあればよい。今からなのだ。

『私の少年達はこの町の自然から無限の啓示を受けると同時に自分達の情熱のうらでこの自然もまた無限に改変出来ると信じてゐた。そこから私の物語がはじまる。』といふ花がたみの言葉が生きてくるのだ。『従つて霧のなかで自分の姿を丈余に思ひあやまつた錯覚』が榊山の勇気に美しい鼓舞を与へるだけでなしに、さいうふ錯乱を学ぶことをぼくらは必要としてゐる。だから、この美しい物語の、そして美しい少年少女がぼくらであつてならない理由はすこしもない。この美しさが当然のものとして日本をあつと云はせた手柄はここに美の昂揚が新しく論理の展開と伴つて光芒を放つ如く現れたのだ。檀一雄のものなのである。ついでにとりのぼせて書くのではないが、花がたみの『譬へもなく青い海が町の戸毎に間断のない波の音を運んでゐた、架空の町』は福岡であつてよく、ぼくには福岡でなければならぬ。恐らくこれを読む檀一雄、にやりと笑ふであらう、あの眼鏡の奥で。この檀一雄なる人物は甚だしく若く、ぼくより以上に若くあらねばならない。もし、若いといふことが、目的のない青春の浪費であるならば、ああ。

廿一歳の暮。しるす。

（昭和十三年十二月三十日未明）

母音の鈴

★クスシノニワニヤレシシユウ——と、そのかみ、はたちの日の詩集で、これやこのラジゲの歌ではないかと、ぼくを驚嘆と恐怖へ陥しいらせた、今日の青年ドクトル丸山豊の秘術の庭から、破れ詩集ならぬ、翔びたつものの姿をごらん！　空色の袂をかくし、水も滴る膚を明るく、典雅なる「白鳥」一羽。

捕へるための網の目をするするとすべりぬけて
死よりも青い空間の
無限にとほい点となれ
（水上機）

この無限大のポツンと定着されたなら、各々作者の本懐とするところ、すべからく詩はかくあるべしとのぼくの念願。但し愚かなるぼくは捕へんと恒に網を張らねばならぬ。

★この詩集のメカニズムは、またこれまでの二つの本がさうであつたやうに、きびしい迄の、清潔完封のラベルをはられて、もし不用意な読者が鍵あけようとすると、仕舞はれた戸棚の無数の詩は、白昼にとりひろげられる、ニツケルひらめくメスやスパチユラのごとく襲ふだらう、刺すだらう、うち倒すだらう。容赦なしに。時に不自然をおぼえる彼もあるかも知れぬ。だがぼくは呟くと、じつと見すましてから安堵する。驚いたり、すこし慌てたり、いくらか失望も交へて。

★不確かな記憶だが、大体この本は年月を逆にとつて作品の配列にあるのではないのか。もつとも中央部に比較的最近の発表もあるが、何はともあれぼくは前半部をあまり好まぬと云ひたいのだ。この「水上機」「水上戯」など発表された時、大変感心してその雑誌では一番すぐれた作品だと友達に知らせたりしたのに、今日はあまり喜べない。誰が何といはうと昔も今も「雪女」が大好きだ。ピアノの効果で立派に演出してみたい。「白鳥2」については後で述べるが「微笑」の方が嬉しい。(「海の研究」「草シネマ」と共に「太陽観測」文学会議1、それから「雨」九州詩集3もほしかつた。何故除かれたのか、作品からのぼくの解釈はあるが紙数の故に省く)
★「雪女」の一篇をあげたら丸山豊の生理を、肉体を純粋度に於て告げるだらう。しかし、昨日の――といふの? 或いは丸山さん自身もかうしたぼくを非礼だとされるか!

乳首と唇の火をともし
白くきらめく少女たちは
溶けやすいその肉体に
もはや慌てることもなく
雪あかりの町の
海へつづく石の坂を
身をかたむけて滑つてゆく
銀のかんざしに忿怒をこめ
町の卑怯な皮膚に別れて
次の夜もまた次の夜も新しく
しづかな白い少女たちが
人々の睡眠の上を滑り
朝の光の手枕に
命きはまることであらう

これを昨日の形骸と否定し、既に脱皮したといふのなら、今日、丸山豊へぼくのいくらかの不満は、肉体を喪つてはゐないか、だらう。小説とおなじく、詩にも肉体があるに違ひない。「白鳥2」を雑誌でみたとき、なんとなく丸山さんの「おまへをじつと見つめてゐるまなざし」が、かう鋭く、ほそく、純粋になつたのかと、改めて丸山さんの足跡をふりかへる思ひだつたが、可能な詩としては、「おまへはかげを喪ふ」（同前白鳥より）危機のかけ橋に通じてゐないかと、白日のもとでみる心もとなさを覚えたのだつた。すべての材料が衛生的でありすぎることなど。始めの方の詩篇では言葉の奇蹟に期待が大きすぎはしないだらうか、それは丸山派の昨日の身ぶりであつても明日の方法ではあるまいと信じたい。「サアカス」「海の花火」が単に過去のものであり、また「水泳場」など肉体の寒い感じがする。（好悪の意味でなら「暑中休暇」など喜ばしくもそれは別だ）「白鳥1」「輪について」は、作品と対照に距離がある。ぼくの理解の不足か？　ぼくの趣味が出すぎ良識ある批評でないと、丸山さんに叱られるかな！　過失を犯したかも知れない。

★ともあれ、「雪夜」はかつて立派な丸山豊の一境地であつたし、なほ絶讃に値する。しかし丸山豊はもはや出発する。むしろ「白鳥」一巻はこの過渡的産物ではあるまいか。「それから方向そして速度」（水上機）いみじくこの言葉は未来に属する（頸をしめよ）と、その白鳥の苦悶から一つの姿が新しく翔び立つ日をこそ。未見の先達丸山豊氏に期待しますと約束して。昭森社、一、五〇（このテクストは原田種夫氏の書庫より無断借用のもの。）

―一四・一・廿一―

過失抒情

序章

出会といふ言葉の意味がやうやくわかり始めた日から、このノオトはつづけられる。立原道造に。

一章

うつくしいひと。

美しい書物。

お前のあしもとへぼくは据ゑられて。はげしく、ぼくはをののく、みじめに快よく、いやらしく喜びを耐へかねて。ぼくは陥る、ぼくは墜落する、この奈落を、深淵を、無限に！　汚れけがれてあるとき、なほ、救済はある、救済がある！　泪するは、虚空をつらぬく神のみ声、奏楽。墜落しつつ！

二章

美、それから愚劣とはつねに果敢なる敵対者であるのかしら。水と油の。

美、など。決してありはしなかつた。それは美しくあるものだつた。あるいは、愚劣ではなしに、愚劣なものだつたのだ。

愚劣なもののなかから、美しいものが立ちあがり、はじまつたなら！　たつた一つ、ぼくのいちばん大きな不幸。見えもせぬ、捕へられることもない美の実体などでは確かにあるまい、しかし、おなじくらゐ、それは一つの存在だつた。

　この存在がぼくを奪ふ、ぼくをうばふ！　奪はれるぼくは、つひに、あらゆる意味をかけて空無でしかなかつた。
　この存在と値する、ぼくが今、一つの存在となる——との決意！　この時、規定されたものはすなはち詩となる。

　ぼくが一つの存在だとすれば愚劣なものに違ひないと、明白に告げやらねばならぬ。
許される唯一の形式は、
　（前にして）
もしくは、
　　（与にして）

これは愛とよばれた、いかな世にも愛が形式をもつたなら！
（存在せざるものの如く美しきはなし）これは西欧のことばであるが。

詩人の死　立原道造のこと

危く、うつくしい方よ。あなたが出会つたひとは、
　終焉をいそいでゐたのです。
あのひとは死を通じてあなたを呼び、あなたは、喪
　ふために近づかれたのです。
そこであのひとはつかつかと死の中に、あなたの目
　のまへで歩み入られた。
すべて美しいものの、それが運命です。青春の意
　味なのです。

伊東静雄が詩のこの一節を立原道造を敬愛する誰かれへ、まるで美しい詩人と触れてあなたは美しいのだとおくりたい、慰めたい。始めて詩人と生な声を呼びあつた日以前にこのおそろしい句は用意されてではなかつたか……どんな日にそれが始つたことか。一年とたたぬ三月廿九日この詩人は廿六歳を逝つたが、交遊は僕の生涯を通して終らないだらう。

「高等学校三年の日に僕もきつと今のあなたとおなじやうにエントロピイやカルノオのサークルや一階微分方程式や球と円錐の相関のことなどをかんがへてゐました」

とお返信を頂いたのは去年の葉桜の今頃だつた。

「こちらへ来て熱を出してねてしまつてゐます。心ぼそいかぎりです。……きのふ南山手の借りられる部屋を見に行つたけれど荒廃があまりにひどいので住まうとはおもひませんでした。浪

漫的な夢を日常に人工して生きてゆきつひに日常をひとつの夢にまで高めることをあそこの荒廃した蝙蝠館でするために僕の肉体の限界はあまりに僕に寛容でありません。」

この、長崎から最後の葉書をうけて九大音楽会の翌朝を急行で僕は発つた。数日前柳河で愉しい一日を惜しんで別れたのに明治時代の木造館の夕刻病室に臥せた彼は別人のやうに憔悴した顔貌だつた。三好達治文芸の文章についた写真が其日の彼を思はせる。その十一月初めの暖い晩ひよつくり中洲の珈琲店Bの前でA先生と打連れた彼と逢つた時、夜目にみる妖しさか僕は感動して言葉がなかつた。こんなに眼を美しくもつた男を見た事がなかつたから。純粋種だよと前に檀一雄から聴いてゐたが。田中克己コギトの文章はあの晩を思ひ出させて苦しかつた。苺みたいな唇も驚かし、あをい背広とつば広の帽子がよく似合つて彼は生生としてゐた。丸善があるね文房堂があるよと東京を離れてきた彼は喜んだ。電車道の薬局で歯痛の薬を買つた。今夜あの大きい眼がじつと僕を見据ゑ少し咽喉を害めた音楽的な声がしてくる――しかしつひに言葉はもたない。その翌日学校を休み続けてゐた僕と二人Bのサンルウムに午前中、川と橋をみてゐた。立派な小春日で、松江ではほんとに陰惨な日日だつたけど九州は今から正月までこんな日和だと六さん（A先生）が云つたよと嬉しさうだつた。盛岡が美しい町であり原敬より啄木が今日では町民の尊敬の的である話。東北そして山陰と廻つてきた大旅行で云はば虚弱な彼をうばつたのはこの過労なのだ。いかにも設計家らしい話で仕事は楽しいらしく休暇をくれた所長をたいへん讃めた。めいめいの肉体のキルデイング・ポイントを問題にした時、すこし自信をなくしちやつたと彼は弱く微笑した。柳河の夕暮。柳並木の下の病葉のちりかかるKUNBA（水汲場）に腰をおろし、二人はだまつて流を見あきなかつた。GONSYANのお給仕で夕食は貝料理。一人宿つて翌朝長崎へ彼は発つた。ここで春を迎へるので。下関まで送るため博多駅で夜の急行へ白いカアネエシヨンとアイスクリムをもつて乗ると、最初の晩のやうに生々と彼は帰らなくともよいのだがなど云つた。

彼を嫡男とする老舗四季へ反旗をひるがへして（彼）この初夏には明日の詩の雑誌を出す計画で僕も加はるわけだつた。午前（この言葉を理解してください）昨日の詩人と今日の詩を否定する若い世代のお城の名であり扉をレンブラントが飾るはずだつた。

骨格だけ丈夫さうな僕をたいへん心配して東京へ出てはいけないとまた詩の勉強を注意された。彼は赤い唾をしてゐたが同じやうに咽喉のわるい僕はあまり気にしなく努めた。本土の風がさくらの背後で生温く巻いて別れる時、急に彼はせきこんで僕はいやな予感をはつきり知つた。帰途僕は歎異鈔をすこし読んだ。

考へると僕の一身とSeeleと落ちつかぬ日をくりかへしてゐた時彼は逢ひに来てくれたのだ。出会をあたへてくれた。たしかに自分の死を詩人の彼は予言してゐたがもし誰か僕にむかつて眼つきでお前も美しいひとへよりついて虐めた一人ではないのかと責めるなら何と僕は答へたらよいのか。愛することは惨酷でしかない。それをぼくは恐れはしない恥しくもないし、かういふものと知つてゐる。頃日なにがしの夫人がエフイミラルといふ言葉をモチイフに綺麗な小品を書いた。詩歌とははかないもののことで根づよい。詩歌がどんなに日常の勇気の糧となることか。エフイミラルを理解してやつと人間は人間の為に仕事をつみのこす時代に入つただらう。

「彼の詩は署名なしでも彼の詩として通じたやうに立派なものであつた」と草野心平知性が書いたただ一人の日本の詩人は「まるであの遠い国では詩人が不足してでもゐるかのやうに」三好達治自ら燃えてつきた。うつとり甘くたのしくばつかりのうたを数多く建築して。「君が僕より若いといふことで……」と言葉と手づくりの絵はがきを幾枚も僕に残して。彼が手をとつて教へてくれた詩とは Mitleiden を Mitfreuden へ高める存在と秩序の形式であつた。

（一四・五・一〇）

手紙（岸田國士・横光利一・太宰治について）

小笠原島から二枚つづき絵葉書ありがたう。動物学といふものがあのやうに君の生活にとりいれられ、さうして落着いた学徒の態度といふものを見せられて、僕は羨望と嘆賞のふしぎに混淆した慰安をうけながら繰返し読んで、この机の上にまだ飾つてゐるんだよ。

以前よく君の静かな部屋を、乱雑な僕の走り書が絶えず脅かしてゐたらしいが、さふいふ相手構はぬ無神経ぶりも近頃はまつたく自然に姿を消しはじめてゐたのか、さうした被害者の君が手紙の催促を一筆加へてゐたことは、また僕をひどく喜ばしてくれた。さうだ、君にも久しぶりに手紙を書かうと思ひたつたまま、今夜までずるずるに延びてしまつた。多分東京へ戻つてゐるに違ひないと、生憎休暇だけの宿舎には住所録もなくうろ覚えの宛名では不安だし、この手紙にかぎり教室気付に出すわけ。

さて、僕の方は相変らずの顔つきで元気だよといひたいが、昨日O君の家でためしに計量してみたら、この海岸生活一ヶ月半の間に五キロの夏やせはすこし酷かつた。煙草のお過ぎではありませんのとあの母君のお言葉だつたけど、チエリイを頂きながら買貯めをする身分でもありませんからねと笑つた僕だが、特に食欲不振ではないしやはり疲労なんだらう。

「桃日」を繰返し読んでくれたさうだが何かと言分のあるに違ひない君のこと故、その言葉だけで他人に褒められたより晴がましかつた。作品として自信は最初からまるでないし、書くことの祈念に意味があるとおもつてゐた。今日は、小説として完璧であらうと、自分の健全な生長を危くするものでありたくないと思ふ。ただ、あのやうに割切ることは非常な苦痛であつたことと、決して余裕ある状態で書けたものでもないことは聴いてほしい。あの小説は、僕の最初の小説であるわけだが、たぶん自分のためにしか小説は書かないから、読者には面白くもなからうし小説としても実際つまらないだらうが仕方はない。また、かうした自己弁護の醜悪さをここでとりあげることは別事でしかないだらう。高校時代、僕達が投石した数数の礫が今日激しく返つて来ることに、むしろ快よく慰められてゐる。悔恨といふことの意味がほんたうに教へられるからだ。僕達、自分が俗物であると知るのになかなか時間が要つたやうだがそれでも時々まだ俗物ではないやうな顔をしてゐて、ひよつこり自分の顔に面喰つたりする。

○

原書に親しむためにも小説もさうだとする君の主義だつたが、愛蔵のシユニツラア全集もかなり進んでゐるだらうが、正直なところ演習に追ひつく程度の僕はその方の報告は雑誌一冊すらない。さうして、書物も以前ほど読めなくなつたし競争のやうに購めてゐた岩波文庫の新刊など全く疎遠になつてしまつた。近頃読んだものから、岸田國士集（新日本文学全集）をあげておかうか。もう五年ほど経つてしまつたあの頃つまり僕の病気以前で一つばし美学者を気どつてゐた時分だが、君と二人で理科クラス内に朗読会を企ててグルツペをつくりかけたとき、テクストの一つは岸田氏の「才月」だつたが覚えてゐるかい？　あの会は僕が寝こんでそれつきりになつたし、一年前後の間に校内の文芸的な気風はすつかり消えてゐて、僕は愈愈孤独な異端児になつてしまつたことだつたが——。僕の書斎だつたあの家の二階に火鉢を囲んで僕は坐つてゐて、僕は低い声で読んでゐた時たうとう泣き出してしまつて、持つてゐた雑誌にはらはら落した。終つて顔をあげたら君は近眼鏡の奥をきらつと光らせて微笑し、納得するやうに一言いいねと答へた。僕達はだまり込んで慄へる手つきで煙草を吹かした。どうしてあんなに捕へられたのだらう。やはり年齢だつたのかしらん。感傷的になつてゐるやうに聞えるかも知れないが、今度読みかへしてゐたら、まるつきり記憶に没してゐたあの晩がまるで思ひがけず衝撃のやうに甦つたものだからね。

さて、岸田氏の長篇小説はやはり戯曲家の作品と云へるのではないだらうか。シテユエシヨンとアトモスフエアの両極を岸田的な問題で連結し、火花のやうに生なましく人物を規定してゆくといふ方法は、この頃自分の問題を書きたいと思ふ僕にはたいへん魅力があるのだ。「落葉日記」はさうした意味で典型的だし、たいへんかなしく美しい。ただ「暖流」になると人間が現実を超えて理想になつてゐる感じ（志摩啓子）。僕は岸田氏の小説をずつとよく読んでゐるわけでないし、印象だけにたよつてゐるやうなものであるから危険な云ひ分だとしても、志摩啓子の描き方は「双面神」の千種といふ女性とはまた違つてゐるやうだ。「暖流」の映画化は、啓子が普通の読者が受けとるやうに翻訳されて現れたことは、さうした結果の当然だと云へばそれまでだが原作の啓子の背後には風俗といふ言葉では割りきれない、複雑な感慨があることについて一つの反証を感じさせはしないだらうか。岸田氏の「風俗」といふ言葉の新しい意味なのだ。（今、この机辺に近刊「現代風俗」が紙包のままに置かれてゐる。この岸田氏の随筆集から、ある爆弾が飛びだしさうで恐しい。もし読んでしまつてゐるのなら、かう迂闊に岸田氏について筆をくだせないのかも知れない）さうして今夜はこの岸田國士集の「あとがき」に触れてみたい。

『戯曲も小説も含めて、これが純文学かどうかといふやうなことを、私はさう問題にしてゐない。さういふ標準は、文学的には微妙な精神の機能にあるのだから、作家が意識的にこれを求め得る部分よりも、無意識のうちにそこへ導かれる部分の方がより多いのだと信じてゐる。』名言ではないか。僕に在つては、前進することだけが答へてくれるだらう。

『狭いといふことはたしかに、純粋へ通じるひとつの近道である。しかし、私の作家としての希ひは、なによりも、「幅をもつ」といふことである。』この言葉に何かをつけ加へることは、今日、僕の謙虚を危くするばかりだらう。

つづいて、ただ「戯曲は如何に書かるべきか」といふ修業のながい期間を経て、「戯曲によつて何を語るべきか」といふ課題に到達したことを、岸田氏自身は「かういふ迂遠な道を辿」つたと呼んでゐられるがこの事実は傾聴すべきではないだらうか。これの岸田氏達の「私達の時代」とまるで裏がへしにした身につけ方で、僕達の「私達の時代」はあるといふことだ。僕達が「作品は如何に書かるべきか」といふ以前に、「作品によつて何を語るべきか」を課題にするといふことは、とりもなほさず、Was（＝作品・表現）とは、Wie（＝存在・生き方）によつてしか規定されないといふことなのである。これは世代の相違なのか、むしろ年齢的なものではなく、大正期と昭和期の生育の相違ではないだらうか。僕達の時代を、「文学の貧困」と呼ぶことは容易なことだし、一応甘受せねばならない僕達の状態であるかも知れないが、僕達は決して絶望などしてゐないから。日常的にいつても懐疑もあり、不安もある。かういふものは、如何なる時代にもあつた、人間が抱かねばならないものの一つなのだ。さうして、僕達の文学へむかつての存在は、「作品は如何に書かるべきか」を拒否するものではないし、極限的な云い方をするならおそらくこの表現を極限としてかぎりなく収斂してゆく「僕達の時代」ではないだらうか。僕達にとつて、Wieとは、永遠に回帰しなければならない原点であらう。生命は肯定するほかはないから、敗北はつねに美しいなどと繰返すほど厚顔ではあり得ないし、不幸は憎悪すべきであつても愛惜すべきものではあるまい。今夜の僕の悲哀がわかつて貰へるだらう、ね。高校時代の最後の一年間、黒眼鏡をかけて、何かを憚つてゐた僕と、今日の僕とちつとも変つてなどゐるものか！　岸田氏の言葉をもう一つあげておかう。

『現実への懐疑と、理想への信頼とは私のうちにあつて、決して矛盾しないのである。』この一行は、穏健な表現のやうに見えるけれど、この言葉通りに従つてごらん、かなり憤ろしい激しさがこもつてをりさうして理性的ではないか。先賢達が何故あのやうに理性に執着したのか、やうやく僕にもおぼろげに呑みこめて来たやうだ。嬉しいことではないか？

○

それから、横光利一といふ作家を改めて紹介しよう。あの頃、この作家と対比的によばれた川端康成氏を教へてくれたのは、確かに君だつたと思ふが、この頃は外国文学と古典に閑暇をつひやしてゐるらしいから、改めて今日の作品として「旅愁・第一部、第二部」を推すことを許し給へ。

横光氏の作品では心理が構想ともなつて働くといふ、稀有な美しさをつづけて来たやうであつたが、この小説では思想でもあつた。

思想が人間の顔のやうに登場するといふ小説に君は驚かないだらうか。この作品は氷山のやうである。水面に現れてゐる一部を見て、危険を予測し得ないなら愚しい船員に違ひない。これは悲劇の氷山であらう横光氏の渡仏前の傑作「寝園」と、この作品とを対象することは、なほしばらく控へておくことにしやう。ただ、農具の更新ではなくて、土壌の発見にあつたのだと思ふ日常からこのやうな発見と、このやうな現実の表現。舞台が巴里であらうと、君にはひよつとすると、主人公達を君の周囲の誰彼にあてはめようとの誘惑に抵抗できないかも知れない。

現実といふ観念は、数学の無限大の観念のごときものであつて、その言葉を∞の符合のごとく自在に使用し得る作家を、幸福にも僕は横光氏をおいて他に知らない。忍耐を教へて慰安を与へる作家を偉大と呼ぶなら、横光利一はさうした一人であらう。

とにかく岸田國士、横光利一といふ作家達を素通りしてゐたやうな僕達であつたと思ふ。このやうに急激に奪はれるのは、僕の無知の告白になるのであらうか、僕にはわからないことだ。

○

「こをろ」四号は昨夜編輯を了つた。昼休みによく登つた裏手の丘陵につづく谷合にあるK君の家でだつたが、縁側に倚つて真下の暗い練兵場や大濠公園の照明をとほく眺め呆けて、次々に朗読される小説や評論の出来栄をうつつに聴いてゐたら、去年のいま時分のこと、たつた一人でやきもき創刊の企画を急いでゐたことなど自然になつかしく思ひだされて、三度目の正直とでも云へばよいのか、この四号はどうやら歩調が合ひさうだなと嬉しかつた。外部からの障害でないかぎり、内部から崩壊することはないといふ確信が、皆を捕へたのだと信じる。皆、昂奮して明るく嬉しさうだつた。雑誌そのものが僕達の目的でないのは当然のことだが、存在理由は雑誌自体が証明し得なければならないのだから、君のしばしばの忠告のやうに、今日まではデイレツタントの臭味と、質的に「雑誌」以前との評言には抗弁の余地がなかつただらう。しかし、僕達にはほんたうに明日が来るだらうよ。さうした意識を持てない同人には僕はなほ勇敢であらうと思ふ。雑務の方は小説を書くM君と、K君が献身的にやつて来てくれたし、今後は交替ですることも旨くゆくだらうから心配はない。一体「文学」以前だからとて、一切を回避することが許される僕達だらうか。「何にもまして文学は一人するもの」と、君は心情をこめた忠告を繰返してくれるだらうが、独逸文学の一部と古典の忠実な読者だといふ、いはば自分だけの書斎をもつてゐる君の場合とは違つてゐて、僕には自分の心情のなかの一点を信じて貫ふほか、誰かを招待すべき書斎すらない。僕の読書法つたら、以前のやうには乱読ではないが、無鉄砲な体当り式であることは相変らずなんだ。清浄とか純粋とか言葉で、容易に他人を決断してゐたが、むしろ傲慢であつたと思ふ。と、同時にある作家と同伴してゆくことを宣言したがつたりしたが、さういふ揚言がとりもなほさず自己批判からの逃避であつたりするの（止むを得ないといふ妥協を認めない故）告白にすぎないことも多い。

たとへば太宰治である。あのうすい青表紙の本、「二十世紀旗手」が田舎の高校生をどんなに狂喜させたことか。自分の愛する者に書物を読ませるといふことに、深い意味を考へることなく深い意味をもたせすぎてゐた僕は、あのひとにこの書物を与へた。「雌について」一つしか読みませんと恥しさうに返へしてくれた。さうして、僕はがむしやらに太宰治を生きたといふことだつてできる。君が上京した後の一年間のことだ。最近「女の決闘」といふ一篇を読んですこしまた迷つた。この作品の恐しい意図はたしかに、通じる、何故といつて僕にとつてもたいへんな問題だから。さうして、自分は太宰治を脱皮したやうに納得しかけてゐるが、ひよつとすると単に注目をはづさうとしてゐるばかりではないのか。とすれば僕の態度は危険なものではないかとしばらく考へたことであつた。しかし、それは一時の不安であつた。あの時期のやうに太宰治を唯一の作家のやうに考へなくなつた今日の方が、彼を作家として評価することは大きいであらう。かつて「道化の華」「雌について」「秋風記」など幾度も読みかへしたことだが、一度某君が堀辰雄の「風立ちぬ」を三十回読んだら嫌ひになつたよと笑つたが、僕だつて太宰治になら自信があると云ひたい位だ。この作家は三歩往つたら二歩戻るといふ、石橋をあくまでも踏み固めてゆく態度なのだが、去年の冬、雑誌で

「皮膚と心」を読んだ時は、この作家を排除し始めてゐた頃だつたが、新しい彼を発見して嬉しかつた。僕が「桃日」を書いてゐたころ、彼の「鷗」を読んで、少しばかり苦痛であつたが、しかし、「桃日」を書きあげたことが、太宰治を裏切ることの完成であつたと思ふ。この手紙の冒頭に自作のことは一寸書いたが、あの作品は太宰治に抵抗するために、さうすることであの時期を（しなければ苦痛だし、することが苦痛であつても）反省したかつたのだ。あまり楽屋めいた科白になつて許してくれ給へ。ともあれ、人生の伴侶をもとむることも困難であらうが、まして永遠の伴侶といふものの意味を考へてみたくなる。

あとは大急ぎで。母と妹が兄夫婦の方へ移り、僕一人の暮しを転転することになつたついでに、お盆に帰宅した時、雑然とした数少い蔵書の整理にかかつてみた。すこしは僕の頭脳もすつきりするだらうと狙つて。もし、一冊の書物を残せと命ぜられると、聖書をとるかも知れないぞと平素読みもしないくせに思つた。近々、限定版の詩集を二三送るから書庫の隅にでも投げ込んでくれ給へ。それから、その帰宅中に僕は叔父さんになつた。一昨年だつたか君が僕の妹と間違へた嫂が、女児をひとり亡くした後非常時らしく男児を産んでくれた。兄が奇妙な名ばかりひねくるので、結局、僕の選んだ「邦治」といふのに決つた。また、妹が面白かつたよといふ「娘の生活講習会」に出席したら、指導者の年長は廿四歳の婦人で、毎日「理想は天のやうで現実は地のやうである」と教へこまれたさうである。母の口では毎夜おそくまで準備してゐたさうだから、いい傾向だらうし、よしよしと肩を叩いてやつた。ある晩、「娘時代」といふ書物を読ませられたが、敬服しながら大迫倫子といふ若い著者を気の毒に感じた。この感想をついてゆくことは、娘時代をさうして僕達の世代をつくことになつて、今夜はもう軽々しく筆を擱べない。さて、この本を読む謹厳な君の破顔が見えるよ。

しばらく手紙をやめて転んでゐて、廊下に立つと十八夜位の月は中天に高く、濡れたやうな屋根はすでに秋色がふかい。耳を澄すと地虫も鳴いてくる。八月も残り少くなつた。この夏の収穫をふりかへつてみると言葉にする詮もないのであるから、僕達好い季節を待つてといふところで握手しよう。一夏を僕は教室に過し他人の仕事をみ、どうやらアルバイトといふものも呑みこみかけて来た。君が恐れるやうに到底アカデミツクに落着けない僕かも知れないが。

午前二時。もう失敬しよう。春は待呆けを食はして悪かつたが、この秋の上京は約束にはしないで。

—おやすみ。

友達

秋空に人も花火も打ち上げよ・呉夫

私達は、もともと何一つ身につけて生れては来なかつた。失ふことを恐れ、惜しむべきものに、私達を装ふ数多い何物すら値しないことを、今日にはいつそう知るべきだつた。私達を、私達であらしめるものは、いつたい何であらうか。私達を、私達の位置に在らしめるものは――。私達の「場」において、限りなく繰返へされる私達の「個性」の発見！　この個性がかへつて私達の場を支へてゐるのだ。私達に、共通の部分が、相似点があるからだなどと殊更らしく云ふなら、愚しいかぎりだ。何故と云つて、目鼻立ち揃つてゐるといふ指摘から、さほど遠くない思ひつきではないか。「友達」とは、けつして合言葉ではない。

私達が風土を同じくし、また、歴史を、文化を、そうじて環境をといふことも、確かに事実である。しかし、それが決定的ではなかつた。風土すら、私達に捕へられ培はれてゆく、私達が私達の内部に発見してゆく風土を云ふべきだつたから。

また、或る者は男性に、或る者は女性に選ばれたことを、もし偶然に由るのだとするなら、私達を選ばせたのは、偶然の働きに帰するが全く無難であろう。ある日、ある時、それが教室であつたり、音楽会、街路、あるひは海浜や喫茶店だつたと、日附や場所をノオトすることも非難されもしまい。ただ、私達は「出会」と云はう。

「私達」、と言ふ。しかし、僕であり、君である。あなた、だ。映画を観て、おなじ感動を語り合つて歩く、しかも、僕は僕でしかなく、あなたはあなたでしかない、さうした私達だ。あなたの花のある衣裳を借りられもせず、あなたをいつも清潔にする化粧筐も僕には要らない、そのやうに、思想をあなたに与へつくすことが許されるかどうかわからないし、僕の生活があなたほど健康でなかつたにしろ、朝夕、あなたを描く一刷毛にこと欠かないし、あなたのよく働く細い指は、僕の一滴の泪を見逃すこともないだらう。また僕達の戦場は思索だ、さういふ君や僕のことだ。

精神と肉体との距離を結んでゐるどのやうに巧妙な理窟も無価値であることを、また、駈引や利札の多い契約は、精神達と肉体達をいよいよ混乱にみちびくばかりだといふことを、私達の「場」がはつきり教へる。両性の間に、肉体の相違があるからとて、誰が精神の優劣を決めたと言ふのだ！

私達が僕達が友達であること。

僕達が男性であること。

あなた達が女性であること。

私達の肉体が精神を、精神が肉体を所有することは万歳！　精神と肉体の結合は、ただ、美事であるに過ぎぬ。それを信じて、人の子は歩め。各自の姿勢を崩さず歩め。

言はば、私達のこの「場」は、孤独に耐へる夫と、孤独に耐へる妻とが支へる、冬なら、暖炉がぱちぱちはじいてゐて、夏なら、夕暮のひつそり降りてくる居間だ。誰が、愛情を確め得て後、二つの肩を寄せて眠つたであらうか、お互の夢をゆめみるであらうか。恐しい言葉、友情など愛情など、たやすく口にするな。この居間は、奥深い一枚の夜空、私達は花火だ、無数の花火のそれぞれのほくちは、私達のとりどりの個性だ、生だ、魂だつた！

秋空に人も花火も打ち上げよ。

附　記。

出会とは、あひみてののちのおもひ……といふことであらう。この言葉を私達に奪ひかへしてくださつたのは、芳賀檀氏であつた。

私はこの頃、アランの、美しい（rencontre）をくちずさんでゐる……この冬、京都の落合先生に教へて頂いたのだつた。

私信——こをろを読んで下さる方に

こをろの前号が少からず福岡の街で購められたといふ事実を知つて、私はたいへん嬉しいことでした。たんに雑誌の読者といふ考へからしましても、購めていただくとは、それほど確実な読者だと云へます。雑誌をつくる側の一人として、誰だつて嬉しくない者がありませうか。全く見知らない方が、私達の雑誌を持つていらつしやるのをちらつと認めて、それだけに親愛と感謝を覚えることが一二度ならずあつたのに、この事実を前にしては、私のその時の喜悦は言葉には出せませんでした。このやうな感動をしつたことも、実は今度が最初であつたことも申し上げて憚りません。今日、お手にとつて頂く雑誌の出来栄については、私からお伝へすべくもありませんが、今号がかなり遅刊したことについての兎角の噂も、すこしも私達の心にさはるものではありませんでした。何故と云つて、こをろは確実に、生命を維持してゐます。私達の両腕のなかに、私達の胸裡に、さうして、今日まで私達を静観し、或いは心秘かに激励してくださつてゐたに違ひない皆様の期待のなかに。今号を待兼ねてくださつた方々には、改めて御礼と、すこしく遅刊したことをお詫びいたします。私が、私達を代表しましてなど、そんな紋切型ではなく、私達皆の気持を、ちつとばかり出しやばりな私が我慢しきれず、かうお伝へするのであります。内輪のお話をするやうで、誰かから後で咎められるかも知れませんが、市内の書店で四十冊ほど買つていただいたのです。もつとも、いつものやうに友達の手から手へ渡つた分は、なほ五十冊を超えてゐて、すくなからず経済的な支持にもなつてゐるわけです。

　私達の貧しい（ほんとに！）、まだ、俗にいふ、海のものとも山のものとも判らない者達によつてつくられた、まだ雑多な内容の雑誌なのに。しかし、しかし、私達は商品としてはこをろを店頭に露しはいたしませんでした。また、皆様も、高価すぎるとはお考へにならなかつたことを信じてゐます。御承知かも知れませんが、けふび、この雑誌一冊すら、この値段ではできません。こんな値段のことなど、実はどうでもよいことなのですが、どなたにでも差上げることができたらと考へるのでございますが――。優れた書物によつて、私達が読者としてその著者と精神を同じうすることができるやうに、私達の雑誌が貧しいのは、私達の精神が貧しいからだといふ、確実な認識の上にたつて始めて、大胆に私達は、こをろを皆様に読んで頂かうといふ、貧しいなりに私達の精神が呼びかける声として、こをろの意味が、確実に、私の内心に喜悦とともに甦つたことを申上げればよいのでした。

　もつとも、このやうな言分、同人といふ「形式」による未成年者の雑誌として当然のことだらうと、あるひは皮肉に反問なさるお方もいらつしやるかも知れません。しかし、私は、今日まで（おそらく明日も）、こをろが、同人雑誌、所謂三号雑誌とは決して信じて居りません。この種の名目や目的があつたのなら、例へば、発表のためとか、世間への足場とかだと考へて了ふためには、こんなにまで、私達は苦しまなくて済んだに違ひないと云へさうです。私達は、雑誌の経営とか、世間への身振りとかで、決して苦しんだのではありませんから。卒直に云へば、おそらく皆様が現に苦しんでいらつしやる、考へていらつしやること、それが、とりもなほさず、私がここに云ふそれと同じところに関してではないかといふこと。私達はこをろといふ一つの場を得て、今日の現実をより確認し、敢然とする者であること。さうして、こをろによつて、より多くの私達の世代、青春を、私達が急ぎ、闘ひつつある場に招待しようといふ、聞いたところでは無暴な野心、試み、これが私達のこをろの唯一の存在理由だと信じて居ります。

こをろは、私達だけのものではなかつた。以前にあつても、以後においても、私達だけのこをろではないといふ信仰。それを申上げたいのです。

私は、つい数日前、ドイツの青年達の標語の一つだと、Kraft d.Freude!（喜びを通して力へ！）といふ言葉を友達から教はりました。私達のこをろについて言ふなら、今日の私達が避け得ない懐疑、混乱、誹謗も、こをろを通じて、こをろの場を通じて、確信へ、建設へ、喜悦へ、さうして、力へと、肯定することは許されないことでせうか。もつとも、こをろが仕事とするものは、政治でもなければ、ある種のイデオロギイでもないやうですし、文学、芸術、さうして文化とよばれる部門の個々の仕事は、きはめて地味なものであることは近頃身に染みて感じて居ります。大声はそれだけで詩にはなりますまい。しかし、これだけは言つておきたい。詩が、悲しみを共にして喜びにたかめる形式であるなら、こをろは、悲しみ・喜びと働くことを共にする形式であるに違ひないと。

私達は自分達を、こをろ同人と、また、同人雑誌こをろと呼ぶことを拒絶いたしました。私達は、こをろであり、友達であります。『私達は日本の文化を育成したい』私達が吐露することのできる、もつとも素直な言葉であります。

私達は、こをろの場で、しつかり仕事をいたします。その成績は、採点は、皆様の判断にお委ねいたすほかありません。

こをろを読んでくださる方々が、積極的に、私達の場に踏みこんでいらつして、お注意なり激励なりしてくださるのをお願ひ致します。

○

こをろは十四年十月に創刊されたので、今日、満一歳余です。ずい分、幼い、たどたどしい足取り、しかし、ふむべき精神史であつたと思ひます。私達の成長が、こをろの変貌であつたわけでせう。各自が、自分の本来の足場を、仕事を漸く発見しかけたらしいので、定らなかつたこをろのスタイルも、どうにか目鼻がつきさうです。

それにしても、今日まで、色々な方々にお世話になりました。とりわけ、地元の当路の方々のお理解とお激励は感謝のほかありません。勿論、読者の方々の直接の、間接のお援助、印刷所児玉氏の苦心など、これらの方々のお顔を思ひ浮べて私のこの筆は迷ふばかりであります。『九州文学』の方々、矢野朗、原田種夫両氏は、屢々お書面で懇篤な注意をくださつた。劉寒吉、山田牙城両氏は私達の貧しい業績を紹介してくださつた。私だけについて申せば、浦瀬先生、火野先生、秋山先生は、無言の激励に感じて居ります。

また、『科学評論』の吉岡修一郎氏は、得難い読者となつてくださつた。

東京の方でも、今日までのところ、乏しい私達の文学に、『山の樹』の方と、堀寿子、松原一枝両氏など変らず好意を寄せてくださる。中村地平氏が、新潮新年号に、島尾君の呂宋紀行について書いてくださつて、私達皆の喜びでありました。伊東静雄氏、竹森一男氏、野田宇太郎氏などのお葉書、私はよく記憶して居ります。山口に居らつしやる石中象治氏は、毎号激励してくださる。久留米から田中稲城、岡部隆助、安西均、広田真一の諸氏。宮崎の『竜舌蘭』の谷村博氏。

早稲田文学の岡沢秀虎氏。など。

あわただし私のこの文章から、もつと重要な激励者のお名前を洩しはしなかつたかと恐れるのでございます。

つい近頃のことですが、雑誌の遅刊を心配された、たんに読者であつたばかりに知合ひになつたある学生の方が、こをろが消えることは、若い世代が一つ燈火を失ふことだといつた意味の感慨をくださつて、私はたいへん嬉しかつた。私自身、さう信じて、私達皆がさう信じて今日まで辛うじて歩いて来たのでありました。

こをろが私達の燈火であるやうに、こをろを読んでくださる方々にも、何らかの意味で小さな一つの燈火で在り得るやうに、私達努力したいものです。

読者の方々が、発行所なり、左記の私までに、何かお言葉をくださることを、もう一度お願ひして、この蕪雑な走書を了ります。失礼いたしました。

二月廿日未明（福岡市箱崎昭和町行徳様方）

矢山哲治

火野先生

文学すること
生活すること

火野先生のことを書いてみようといふ機会は幾度かあつたやうだ。とにかくこの一夏の課題として火野葦平なる「作家と存在」にむかつて果敢な突撃を試みたわけだが、その中核には一弾も加へなかつたかも知れぬ。

放棄すべきかも知れないとは、一応ノオトを終つたときの実感であつた。理由は一口には云へない。時事的にもわたつて複雑である。

この文章はそれで最初に意図したものとは大分ちがつてゐて、「火野葦平論」としては不備であらうし、火野文学そのものについて語ることもあまりしてゐない。しかし、さういふ外的な条件はどうあらうと、私の内的な機会を逸したくなかつた。その点、先生をはじめ読者の寛容を願つておかねばならぬ。

——この文章を友達玉井千博におくる。

1

先生にはじめてお逢ひしたのは十四年九月十日だつた。(芥川賞を受けられたのは十三年二月杭州警備のとき。その以前に、詩集「山上軍艦」や二三の小説を知つてゐた。)その九月十日と云ふ日時については先生の文章「笑ふ兵隊」から借りてみよう。

「翌日(火野氏が当軍の九月攻勢に対して行はれた反撃戦の詳細を現地の部隊本部で聴かれた翌日——引用者)、私は突然内地出張の命を受けて、飛行機で広東を出発した。軍の斡旋による南支展覧会が福岡で開催されることになつてゐたのでその指導のためである。十一日に新聞記者が福岡の私の旅舎へ電話で桝添軍曹が戦死した旨を知らせてくれた。同時に私は斎藤少尉の戦死も知つた。私は何か信じられず、茫然としてゐると、先刻の新聞記者がやつて来て、御感想を、といふのである。私の胸の中に怒りのやうなものが湧き上つて来るのを感じた。このやうな時、私が命令とはいへ、ただ一人、故国にあるといふことが、たとへやうもなくすまないことに思はれ、心を責められた。苦いものが口の中に満ちて来た。新聞記者が帰ると私はあたりを見廻した。ここは故国の平和な旅館の一室である。美しく拭きこんだ廊下が光り、障子にあかあかと暖い陽がさしてゐた。弾丸の音はここには聞えない。電車が橋を渡る音が、ごうとひびいて来た。今まで出なかつた涙が堰を切つたやうにとめどなく溢れて来た。」

この文章はまた火野文学の終始かはりない在りやうを巧みに表現してゐるとも云へよう。

那珂川べりの旅館の三階だつたが、お家族や新聞社や「九州文学」関係の人達のなかに坐つて、シヤツ一枚で逞しいペンの勢ひに書かれる先生の態度は印象的だつた。前日（九月十日）雁の巣空港で、西下された中山省三郎さんなどの背後からお迎へした折に記念した私の詩の一節だが、

生きてをると、真実を勲章のやうに燦めかしながら。
生きて黄金の毬のやうに歩いて来るのだ。

といふ感動は、その西日がたまつて多勢が黙つてゐるなかにペンの音だけがしてゐたといふ風景にもあてはまつたことだつた。

その時分、「こをろ」創刊の直前で、私は九州文学の同人を辞退してゐた。

それから火野先生には屢々お逢ひする機会はあつたのだが、会合などの席が多くてよくお話したといふことは殆どない。私の方から二三度お手紙をさしあげたことはある。この文章はさうした手紙に加へ

てもよい。

　現実以外のことには眼を向けないやうに強ひて来る今日のことを念頭にしながら、あわただしく火野葦平と試みる一つの対話であらうか。

2

　火野先生の存在について語るほどにその文学については興味を持ちえないことを卒直に云つておかう。火野葦平といふ作家とその文学を考へる以前に、その人間が、存在の意味が迫つて来るのだ。彼にあつて、作家と存在の乖離と云はうか。生活と文学の矛盾と云はうか。すこし抽象的すぎるかも知れないが、大胆な臆断を試みねばならぬ。私のこの文章はこの一点に終始する。

「一、昭和二年入営のために帰郷。少々感ずるところあり、文学廃業を決意して蔵書数千巻を売却し、一夜にして散ず。」（新日本文学全集第廿六巻年譜）かういふ過去の一例は、今日の彼の内部と深い連

火野葦平の出迎え、雁の巣空港にて

関を予想させないだらうか。もちろん、万一、彼が文学を再び廃業するやうな事態に立至らうと（これはたいへん失礼な仮定であらうが）、私なりにこの信頼は動揺しまいと思ふ。

随筆集「河童昇天」の著しい特色は（この書物の成立を考へてのうへで云ふのだが）、それが作家の文章として、文学そのものについて文学のメカニズムについては殆ど書かれてはゐないことにも在りはしないか。「現実」を「生活」を「友情」を多く語つてゐながら、「文学することと生活すること」について考察は見られないやうに思へる。もちろん、出征前の火野先生には所謂「作家生活」の経験がないのであるから当然とも云へようが、世間が火野葦平といふ生活人の文学的な出発を迎えて期待したもの、また彼自身が今後にあつて答へようとしたものは「生活と文学」といふむつかしい問題であつたことは衆知のことにちがひない。

疑ふべくもなく火野葦平は作家である。しかも彼は当代の名手であらう。私は彼にあつて文学論の有無など問題にしない。ひとりの作家にとつてさして重要なことではないからだ。しかし彼がいかに作家であるかを問はねばならなくなる。彼は小説を書くが故に作家なのではないだらうか。その小説の技倆に於て本質的に作家なのだ。彼は生れながらに作家かもしれない。（しかし、ひとは作家になるのである。ひとがひとになるやうに――。）

3

私は火野葦平論と云つた諸家の文章を殆ど読んでゐない。そして、この文章を書く一つの動機となつたのは岩上順一氏のもの（火野葦平・文芸八月号）を読んだことでもある。私は岩上氏の文章を途上に読みながら全身に疼痛を覚えた。一息に読みきれないほど疲労した。この評論家の観念の利刀に切られてゐるのは私の肉体のやうに感じたくらゐだ。私はその岩上氏の文章が明皙な観念であるなら、その評論につけられた火野先生の風貌が、対蹠的に未知の肉体を顕現してゐるものとして、「自他を宥恕せんがため」、「衝突を和解するものの自己表現」として自分の文章を書かうと思つた。

岩上氏によつて、人情家火野葦平は完膚なきまでその文学の今日に於ける動揺と混迷を解剖されてしまつたうへ、致命的に彼の文学上の限界が指摘されたのである。

岩上氏は火野氏自身の文章をあげて、「私は古風な人情家と云はれる。（中略）私は私をとりまく世界をながれてゐる、いや、掩ひつくしてゐる人情の霧を、無理矢理払ひのけて、どこかさつぱりしていたところへ出て行かう、といふ気持は更に起らないのである。」といふ点に、火野氏が人情家であることに、文学的な限界を設定する訳である。異論のないところであらう。そして、岩上氏は云ふ、

「彼（火野葦平）が人情家であることは、その限りでは一つの美徳でさへあるのだ。しかしその所謂人情家が、芸術上の冷酷な追及精神を阻止しはじめる瞬間から、彼にとつての悲劇が予想されるといふところに問題が存するのだ。」

「火野葦平の文学は、根本的に言つて生活秩序を維持し防衛せんがために衝突を和解するものの自己表現であつた。彼は自他を宥恕せんがために小説を書いたのであつて、自他の関係を徹底的に追及し革新するために書いたのでは決してないのである。」

結論として岩上氏が述べるところは、

「彼の『健康的な』常識性は、一定の生活秩序の中で葛藤するけれども、決してそれを超え、そのやうな生活構造そのものに向つて衝突して行かうとはしない。否、最初からそれが出来ないところに自己を安置してゐると言へるのだ。彼の最近は、彼の踏み越えるところのできない文学上の限界を、いよいよ明瞭な姿で露呈してゐると言へる。それは彼が今日でも、文学の世界で自己の人情家を蹂躙する決意を持ち得てゐないからである。」

一箇の作家にとつて致命的な判定のやうに聴える。もつとも岩上氏は、最近作の「神話」をも例証してゐながら、「美しき地図」について全く言及してゐないことは注意しておいてもよい。

私は、岩上氏の所論のあとでは、火野文学について語ることを放棄すべきだとおもつたほどであつた。

4

火野文学の出発は、芥川賞受賞に始つて兵隊作家としての成功にあると云ふなら、それはあまりに大衆的な評価にちがひないし、また火野文学の大衆的な魅力は何より彼の人情家であることに求めるのは一つの通説に過ぎぬ。しかし残念ながら、かうした前言は一応承認しておかねばならない。ただ、彼自身が、

「私は一種しやうもない人情家であり、私がさういふ話をすれば、すぐ人情ばなしになつてしまふのである……」と云つたとき、はたして彼自身は自分の文学をそのやうなものとして規定してゐるのであらうか。

一方、火野葦平といふ作家への大衆の追従は、彼の人情話の魅力によるのであらうか、すくなくとも文学の面からのみ作家と読者のあの美しい契約が生れるといふ場合なのであらうか。火野文学に何を読者は求めてゐるのか。

火野葦平の絶大なる人気といふものは否定することのできない事実である。けつして不都合なことでもありはせぬ。私が云ひたいのはかへつて、彼の評価や判断にあたつて、云はば対決してゐる両者のあひだに時間的な、位置的な差異がつねに在りすぎるのではないだらうかといふ恐れである。読者がいちばんまつたうなわけであらう。

5

火野葦平にあつて「作家と存在」の乖離と云つた。それは読者と文学者の観る火野葦平の人間像、ある

いは火野文学の意味の相違とも云へるかも知れない。彼の華々しかつた出発に、そのあまりに今日的な登場が必然的に内包してゐた不幸に違ひなかつた。

岩上氏は、火野氏を人情家と規定することに「悲劇」を観、彼は一切を宥恕せんため文学すると云ふ。

ところが、（言葉の戯れだと云はれるかも知れないが）、一切は火野葦平といふ存在に於て宥恕されるのである。現実を和解すべく存在するのではなく、現実はこの存在を媒介として和解して成立するのである。文学と何等関係のない生活に於てである。彼は沖仲士であり兵隊であつた。そして、今日は職業作家であらうと。それであるから、悲劇的を云ふなら、このやうな「無」個性をこそ云ふべきだつた。人情家であることは、彼のもつとも気楽な（彼の消極性に似合ふところの）ポオズではないのか。そのやうな彼をジヤアナリズムが強要した文学かも知れないのである。火野先生に対してたいへん非礼な言葉をしてゐるやうで恐縮に堪へないが、このやうな私の臆断は読者の声望を傷つけるものでもなく、文学者達には一つの示唆にならないだらうか。私は先生の人間への信頼をのみ云ふのが幸福である。これが大多数の読者の幸福といふものに違ひない。私は彼を眠れる獅子だと信じてゐる。（私達が幼い獅子であるやうに。）

6

火野葦平の「文芸的な余りに文芸的な」略年譜を見ておかう。

十代の彼は「首を売る店」といふ童話集を刊行したといふ。早稲田に遊学。佐藤春夫（この憂鬱なる詩人なることを記憶しておかねばならぬ）の影響の多い小説を書いた。それからダウスンの訳業に熱中した。大正末期のことである。（私はこの世紀末詩人の書物を手にしたことがあるので、若き玉井雅夫の訳業が詩品に満ちたものであることに驚いた。と同時に、彼の肉体のなかに庶民的ならぬ頽廃の血液が交つてゐることを認めねばならなかつた。）

それから昭和初頭、「芸術を廃業する」と称して帰郷して、若松港に家業をついで沖仲士の小頭になつた。

つぎに火野葦平の出現まで十年間の歳月があつた。若松港に石炭をめぐつて大争議があつた。満洲事変（昭和六年）があつた。その間、彼は、玉井千博のやうな美青年から現在のやうに精力的な肉体の所有者になつた。

昭和十一年、小倉で発行されてゐた詩誌「とらんしつと」に友誼をもつて加盟。同人、劉寒吉、星野順一、岩下俊作などの諸氏。汎力動詩派を自称してゐた。

従つて火野葦平の文章「紋章」（十一年六月）といふ雑文（とらんしつと廿二輯所載）から。

「……我々が現実の非常にがさつな生活の中に一つの高邁の精神を守り立ててゆくといふことはとりもなほさず一つの闘争である。（中略）。『とらんしつと』は麺麭屋と洗濯屋と沖仲士と職工と教員と米屋となどの集りであつて、机の上に終日紙をひろげて頭を右にふり左にふり天井を仰ぎ窓をながめなどしては詩を書かぬ。字義通り、仕事の最中に一行づつ出来るのだ。我々は生活から逃避しない。生活を拋擲し軽蔑しない。生活と格闘し汗みどろとなり生活を乗りこえて進むものを求める。悲劇を超えた楽天主義までの径はなかなか遠いが。一見非常に複雑な生活の中にあつて、一貫したもののために一切が停頓しない。一見放縦のごとく見えるものの中に科学的な一つの方角がある。」

（そして、この「悲劇を超えた」という態度は、たしかに今日の火野先生のものである。また「一つの方向」を指標する生活が、火野葦平の周囲の文学を色彩づけるもののやうではあるが、それが「文学すること生活すること」を満足させるものであるかどうかは疑問の余地があるのだ。）

昭和十二年、久留米で「文学会議」（一―四号）

が矢野朗氏などによつて創刊された。火野葦平は二号から参加してゐて、各号に「山芋」、「河豚」、「糞尿譚」を発表した。

同年九月、支那事変のため応召出征。豪華詩集「山上軍艦」を背嚢に収めて――。

7

兵隊作家、火野葦平軍曹の勲功はもちろん兵隊三部作であるべきだ。十四年十月に帰還してから後、上京、報告、講演、執筆といふ繁忙な生活は戦場にある日とさして変らなかつたであらう。そして、半歳後には「山芋日記」、「三福湯」、「雨後」の諸作をもつて、ジヤアナリズムを、文壇を賑はしたのであつた。

文壇人の期待は、兵隊三部作を介在して「糞尿譚」の作者の変貌といふことにあつたやうだ。題材にあつて感情にあつて、あまりに市井的な小市民性といふ同一地盤であることに失望や不満が抱かれたやうである。戦場の体験といふものを書物による知識的な経験と同視しがちな、評論家の混乱でもあつた。

(火野葦平の登場といふ意味にもつとも忠実であつたのが大衆であることは断るまでもあるまい。)

作家・火野葦平は、三年の戦場にを経て変らなかつた。いな、大正末期における最初の出発はづさなかつたとも云へようか。彼は、相変らずに「とらんしつと」詩人だつた。散文の魔術に敗北した抒情詩人だつた。さうした彼の文学的な足跡といふものを評論家が看過したばかりでなく、またかうした反省を大衆は必要としなかつたのは当然であらう。

大衆は、火野葦平といふ作家から(彼等に評判のよい作家の場合とおそらくおなじやうに)、実話(おはなし)を期待したであらう。「麦と兵隊」「土と兵隊」などに期待したものといかほど相違があらうか。文学の読者などとは大方かうしたものではあらう。読者にとつては、「怪談宋公館」と「伝説」は同一のものであらう。私はこんど、「兵隊について」一巻を愛読しながら、この著者の作家としての在りやうの、特異な場合であることを考へたのだつた。葦平文学を、市井的ヒユーマニストの文学と云ふとき（ヒユーマニズムの文学であるかはいま問題にしない——）、私はなんとなく新講談や浪花節を連想してしまふ。それは作家にとつて迷惑なことにちがひないが。世間が云ふ火野葦平の（作家として）の出発は、むしろ（ジヤアナリスト）または（輿論のスポークスマン）としての出発だつたのだ。そして、彼が「とらんしつと」詩人として身につけてゐた文学的なスタイルが、素材の領域の拡大に（社会的・歴史的）、抒情詩の叙事詩的な展開を企図した経歴（詩集「山上軍艦」）が、偶然にも彼の精力的な肉体の協力によつて、この課題を美事すぎるほど成功せしめたのである。彼は肉体の勝利者だつたのだ。

文壇人と世間人が、火野葦平に期待したもののあまりに相違するのは、彼の混乱でも無能でも彼一個の制約でもなく、云はば今日の要求であり現実の規定でしかなかつたのだ。

そして、火野葦平はそのやうな存在として敢闘し、現に私達の眼前にその肉体を露呈して努力を傾倒してゐるのである。

私はこのやうな存在への信頼のうえへに、「文学すること生活すること」といふ（一つの方向）について対話を試みようとするのだ。

8

火野先生の応召中に、その芥川賞受賞が契機になつて、前記「とらんしつと」、「文学会議」は、「九州芸術」（原田種夫、山田牙城、劉寒吉氏を中心にした汎九州的な詩誌）とともに、福岡で刊行されてゐた随筆的な色彩の濃厚な同人雑誌「九州文学」（秋山六郎兵衛、浦瀬白雨、峰絢一郎、篠山二郎など）と合流、第二期「九州文学」が合同組織のうへに刊行された（十三年九月）。これが現在の「九州文学」である。

この大合同の事実は、この事変当初における大義名分的な帰趨を反映してゐるのだが、一面、知識人の文化の擁護といつたあの時分の気持が促進して、前述のやうな火野葦平の彗星的な出現に負うて、地方文化人がやうやく新たな野心を表明したことであるのは云ふまでもない。芥川賞に対する「答礼」といふ文章に溢れた喚声でもあつた。当時、福岡日日学芸部長であつた黒田静雄氏の尽力であつたと聴く。もちろん、黒田氏は文筆人としては雑誌の表面には現れてゐられない。

火野葦平は、翌十四年の「九州文学」十二月号に、「かくて、もはや、三年振りに、還り来つた一匹の河童は、いかなることあらうとも、このあたたかき九州の淵から上らうとは考へないのである。」といふ「河童入水の弁」をたづさへて、上陸第一歩を印したのだつた。

爾来、「九州文学」と火野葦平との関係は、黒田氏とこの雑誌との関係とおなじやうに性質はちがつてだが微妙なもののやうに傍観される。また、「九州文学」といふ一つの文化的な地盤のうへで、今日の所謂「文化運動」が混乱しはじめたことは、当事者がどのやうに否定しても、現実に支障してゐる以上は肯定されねばならぬ事実にちがひない。

私のノオトも、火野葦平といふ人間像を描かうとして、第二義的なかうした問題に触れざるを得なかつたが、この文章に改めるにあたつて遠慮しておく。地方文学とはどういふものか、生活人として文学するといふことはどういふことか、などといふ課題は、「文学すること生活すること」を解明すること自体に前提を置くことは無論である。

9

「生活と文学とについてのむづかしい問題がある。

また文学的覚悟についてもひとつの説がある。中央と地方といふ地理の宿題もある。しかし、私には私の考へがあり、また、それは私のみの問題ではなく、私達一党の切実な問題でもある。」

と、「河童入水の弁」にあるが、これが作家としての在りやうの設定であることは云ふまでもあるまい。作家としての課題だつた。

また、帰還後すぐ、ある婦人雑誌に発表された「一つの部屋」といふ文章がある。前記、岩上氏の引用文もこれからである。(ここに引用する文章はすべて「河童昇天」に収められてゐる。)

「さふいふ質問(世間が問ふ文学的な覚悟についての質問——引用者)が寄せられる度に、私は、九州にかへつて本業をやります、とはつきりと答へる。私にはもはやどつちにしようかといふやうな迷ひは全くない。その迷ひのなさを、生活と文学とについて理論的解決によつて得てゐるのではない。そのやうな大変な問題は私には今は解決のしやうもない。ともあれ、私は単なる人情ばなしによつて私の道を求めてゐるばかりである。つまり、私は、私の「一つの部屋」にかへりたく、その「一つの部屋」が棄てたくないばかりである。」

この告白は作家となることを放棄するといふ驚くべき宣言のやうに響いてくる。

私は、火野葦平にあつて作家と存在の乖離、文学と生活の矛盾と云つたが、この彼自身の二つの言葉の上に出発して、彼が経験した結果として、このむつかしい問題は解決できてゐるのだらうか、といふ一つの反問なのだ。作家としての技術ではなく、良心の限界だと云つてもよい。彼の牢固とした肉体は、かうした「人情」の栄養だけがあれば、どのやうな理論も観念的な秩序も不必要なのであらうか。

商業ジヤアナリズムの人気作家としての成功。その文学的な評価。

地方文化人として、いちはやく「北九州文化連盟」を組織し、翼賛文化運動への挺身。

かうした先生の両面の間に自分を置くと、あるイロニイを感じて落着けない。

私は、新聞紙上や、「文学界」などで、火野先生の文化運動論を読み、反対するものではけつしてない。また、県協力会議員（今春先生の選任をもつとも喜んだその一人の私だつた）として八月二十二日附新聞紙上で知つた先生の発言はきはめて有益なものであつた。今後に期待するところは大きいのである。

そして、かうした生活こそ第一義であつて、小説を書くことなどは第二義なのかもしれない、とも思ふ。しかし、問題はかう簡単に決められないであらう。

先頃のこと、朝日紙上で「美しき地図」をひどく感動しながら読んでゐて、作家・火野葦平の未来を構想したが、その実現には生活のうへで彼自身がある肯定を抛棄すべきではないかと思つたことだつた。改めて、「文学すること生活すること」の反省、理論的な追求が必要なのではないだらうかと思つた。火野文学のみではなく一個の社会的な存在としての岐路を考へたのだつた。

文化運動へむかつての先生の確固とした今日の態度は、新たなる決意の第一歩であらうかも知れない。私はさう信じたい、と同時に、作家として不幸であつた火野葦平の文学に於ける第一義的な、真の出発が期待できないのであらうか。

最近作である「神話」を一読して、「幻燈部屋」からある種の発展を注意してゐた私は、すこし当惑したのである。この作品は作家としての失敗ではないだらうか。私は、何となくジヤアナリズムの強制が感じられるやうで、火野葦平の作家としての在り方に不安を覚えざるを得ない。どこにでも普段着で現れることは褒めたことではないだらう。ひとくちに、モラアルの欠如と云へさうである。文学への燃焼の不足と云へさうである。

世俗的な道徳は、文学にあつては、強調せられるだけ感情的な身ぶりにしかならぬ。

　創作集「山芋日記」を読みかへして、「雨後」は昨年度（日本文学）を記念する一作だと思つたが、その今日的な題材にも関らず、作者の位置は作品を庶民的な情痴の一典型として終始せしめてゐることに、いまさら気付かねばならなかつた。

　このやうな文学と、その作家の社会的な背景。かうしたイロニイは、ひとり火野葦平の場合だけのことではない。日本の文学の宿命的な位置の問題でもある。云はば、市井的ヒユーマニストとしての規定ですらあらう。また、作品はつねに作家にとつて排泄（カタルシス）でしかないことを、読者も評論家も忘れてはならないことを附記しておかう。

　しかし、彼がヒユーマニズムの文学を展開するものであるかどうか、なほ異論があるべきだつた。そして、この今日的なヒユーマニズムの方向が、火野葦平にあつて生活と文学と云ふ矛盾を解決する唯一の方法ではないだらうか。それは、何より火野文学が、観念の純粋な燃焼をもち、批判性をもつことになる。文学のなかで、いかに生きるかの試みとなるべきなのだ。また総てを宥すといふ信念のうへに、宥さないこと（悪）が意味を担ふのである。

「美しい地図」をはるかに超えて、私は広大な新しい領土を、文学への信頼を希求してやまないのだ。

10

「文学すること生活すること」といふ課題は、職業作家であるとか、勤労者として文学活動をするとか、さういふ外面的概念的な規定ではないことを附記するまでもあるまい。それは内面的方法的な秩序のことである。観念と肉体の一致する使命的な存在のことである。文学者にあつて「生活と文学」の問題は、科学者の生活における科学のやうに、かうした秩序への解決でしか在り得ない。文学もまた科学と同じく、存在を全的に要求するところにそのモラアルの足場をもつものである。

そして、私の火野先生への信頼と抗議は、彼の偉大にして未知の存在へ賭けられてゐるといふことと同じく、私の観念の出発が、自分の一個の肉体への帰依——一切の装飾を捨てて、銃眼の前に露呈すべき肉体への信頼から始つてゐることを強調しておかう。

ここにヒユーマニズムの究極の救済がありはしないか。

（一六・八・二五）

栞草

足袋はくとあしをぬぐへばゆうべ海
ひろきににじむわが離愁あり

ある少女の歌で、気の毒なことにむかし水泳などをやつてゐたのに、今カリエスを患つてゐるんですが、ちかごろ私の唇にふとこの歌がうかびます。お見舞の手紙もまだ書けません。

二年前のいま時分、東京の寒いのにやうやく正気づいたやうな、帰郷のこころをいつそうかきたてられた私、――それがはじめての上京の苦しい幾日かでした。

眞鍋呉夫のつきよといふ小説、その前後の私達のかたみのやうで愛してゐます。

私が博多駅を発つた晩はとても暖く、そして、その駅頭の華やいだ雑沓のありさま、どの旅立にもまして残つてゐます。

私達は知合つたばかりでした。こをろといふ雑誌を創刊したことで。――

さて、この夏、火野先生といふ悪文を書いてから、書けません。美しき地図のことだとか何だとか、芝火の原稿もいくどかとりかかつて、この始末です。目前に、卒業とか、――とか控へてもゐるんですけど。

近頃のこと。

雑誌や小説あまり読んで居りません。いぜんはひどく奪はれてゐた保田與重郎、太宰治といつた方のものもちつとも。

瀧井孝作、無限抱擁をすこし読みかへす。ロレンス、WOMEN IN LOVE を半分ほどで気抜けのかたち。

何かをすることより考へること、ふりかへることが愉しい。自分について云へば、自分の半過去といつたものを観念します。

先夜もこの原稿のためにと、貧しい本棚から詩集を一つ二つ取出したものの、菱山修三「荒地」、藤田文江「夜の声」などについて書いたものの。伊東静雄「夏花」などになつてくると書けなくなつて。ただ、私は好きなのだとしか云へなくて。

詩については、自分の詩のことでは、もつとさき、いつか——経験を重ねて、いいものが書けさうだぞ、などと慰めてゐるらしい。いま、二三年前の詩稿をまとめて、柩といふ小冊子をつくつてゐます。幼年詩集、五〇頁。

それから、——文学を愛することと文章を書くことと、さうしたうへの交際やわたくしの生活のあひだに、はつきり壁をつくりたいといふ気持。

友達も読者も予想しないといふスタイルの小説。旅行について。

一日（十一月）、熊本菊池へ所用で参りましたら、その役所の二階から坐つてゐて、阿蘇の噴煙と雲仙のおだやかなかたちが、見えたこと。花キヤベツならぬ白い生菓子のやうな噴煙。

熊本の古本屋で買つた本田喜代治……コント研究を読みながら、とつさの計画で夜行を長崎へ切替へたこと。通路に新聞紙を敷いて膝をかかへながら寒かつた。

長崎へ、ことしはもう三度。

東京の友達はよく軽井沢辺へゆくらしいが、長崎には川端康成、堀辰雄といつた方は居られません。

長崎へゆくときの私は、たいてい疲れてゐるので、途中、考へたり感じたりすることは、まるで小説の主人公のやうです。

自信について。

高等学校の理科へ四年修了でどうにか入学できましたが自信をなくしまして、当時の悔恨をいまもなほ繰返してゐます。仏文科にゆけばよかつた。

浦瀬白雨先生に、英語を教はつたことから、老先生の人柄、先生の詩に感歎したことから詩を学んだとおもひます。ボオトの三人男（岩波文庫）の訳業は鳥井平一が紹介してゐるやうにじつに立派です。AC.BENSONをテクストにされてその時間ばかりが特別講義のやうに愉しかつた。

ジヤン・クリストフ、ツルゲニエフ、ヂイド、ヘルマン・ウント・ドロテア、――拾八歳の読書をいつか繰返したいものです。――病気で休学してから後は、秋山教授にリルケのロダンを習つたりして、カロツサ（建設社刊）が愉しかつたが。その頃、立原道造（長崎で病気になつて東京にかへつて死んだ詩人！）、檀一雄（花筐一巻）といふ二つの道標。

大学を選ぶとき、土地の農科にしてしまつて。健康に自信がなかつただけではなく、けつきよく、精神が不明なためで、さてこそ、学生生活も了らうといふに、今日の有様ですから。

幼稚園から大学まで福岡で、つまり生れてから今日までこの土地で了つてしまつた。

とりかへしのつかぬ悔恨！

勇気、勇気、アランが云ふ勇気が欠けてゐた。

おそらく、明日もまた。

愉しい・悲しい、について。

呉夫から手紙で、私の手紙のなかの愉しいといふ言葉について書いてあつたが、島尾敏雄は、私の口癖が、昨日の悲しい、から今日の愉しい、に変つたんぢやないの、と云ひましたけれど、なるほどそれはをかしい話ですね――「生きてゐるといふことは、こんなに甘美な夢なんだ！　こんなにゆたかな幻影なんだ！」と、これは小説花がたみのライトモティフではないでせうか。

それで、檀一雄のこと。

一週間ほど前、逢つて、今夜もまたお訪ねしました。満洲から上京なさる途中、福岡に仮泊されてゐるので。先夜は私、悪酔してしまつて。今日は、友達もいつしよにお家でおしやべりしたので、そのよい気持でこの原稿も書いてゐます。あの方など（つまり卅代の作家）はたいてい精神（主義）らしくて、私達（廿代の者）は物質（主義）らしいから面白い。

理想について。

私の身近しいエッセイスト・吉岡修一郎氏——（数学の読物やベルグソンの訳書）、など、いつも理想型といつた美しい在りやうにおぼえて、若い者の方がかへつて俗人をふりかぶつてゐるらしい実情です。

青春について。スノビズム、フエミニズムについて。

私にはトニオ・クレエガアがいちばんよく説明してくれます。ただ、彼は日本人ではありませんので、いきほひ私の青春などは多かれ少かれ、西洋乞食といつたスタイルを非難されるわけでせう。

数日前の日曜、女友達をまじへたグルツペで、海や空港を見晴す暖い城蹟の丘陵に遠足をした。彼女達が私達の送別をしてくれたわけです。いろんなことが間近なので。

山頂の芝生で焚火などしてから、彼女達は千代紙の小冊子をめいめい取出して思ひがけぬ贈物をしてくれた。岸田國士……落葉日記の朗読。私達は腹匍つたり立木に凭れたりそれこそ神妙に聴いてゐました。

彼女達の個性がそれぞれのり移つて、すこしいたましさを私は感じた。

その日、いちにち、青空はよわく輝きみちてゐて、高積雲（altocumulus）がアイスクリイムをちぎつたやうに漂つてゐた。

私は転んで秋陽の降りそそぐなかに、信頼、愛情、希望、幸福などとそんな空な文字を拾つてゐた。

美しい日和があとどのくらゐつづくか、誰も知つてはゐないでせうに。

○檀一雄氏への書簡につけた詩一篇

薔薇のマントを纏つた少年達が
噴水のリボンを結んだ少女達とさざめきながら
公園の日向でおひらきにしてゐます。

光線がまばゆくて愉しい声も緑蔭のなかに
吸はれていつて
誰にも見えない　私にも見えやしない

一つの鍵を廻さなければ　青春を
悪魔に売つた詩人ばかりに
神様のお許しの出た一つの鍵を
（二六・一一・一四・福岡）

Ⅳ 同人随想

光の薪

眞鍋呉夫

私どもの同人雑誌「こをろ」の中心的な存在であった矢山哲治は、昭和十八（一九四三）年一月二十九日の早朝、現在の西鉄大牟田線薬院─西鉄平尾駅間の無人踏切で、上り福岡行の電車に轢かれて死んだ。享年二十四。それが自殺であったか、事故死であったかはいまだにはっきりしないが、私どもはこの時の矢山の死から、さながら自分たちの生の最後の根拠を根こそぎにされでもしたような、異様な衝撃を受けずにはいられなかった。

たとえば、当時まだ九大の文学部に残っていたおかげで、ほとんど一人で矢山の死に直面しなければならなかった島尾敏雄は、それから半年後に発行された「こをろ」十三号に、なにか赤裸《あかはだか》にされた自我の悲鳴が聞こえてくるような感じの追悼記「矢山哲治の死」を発表している。主として島尾自身の矢山への追悼詩や日記の一部、矢山のハガキや手紙、あるいは感想や蔵書の整理メモなどを組みあわせたこの手記は、島尾のこの種の散文の中でも屈指のもので、にわかにかけがえのない僚友を失った動顚のうちに書きつがれ、矢山との間に生じたナーバスな対立や葛藤にも率直に触れているだけに、いわばむりやりに引き裂かれたシャム双生児のような、なりふりをかまわぬ悲哀につらぬかれている。とりわけ、矢山が死んだ二十九日と三十日の日記を集約した一節には、

「二十九日。この日早朝矢山は急逝した。夕方妹さん見え、兄が亡くなりました。柩見て涙湧き止め難し。御母堂のなげきの断片から（──中略──）朝住吉

神社にラジオ体操に行っていた、その日の朝洋服を着て一旦出てから靴をはきに戻ったりした、死骸になって帰ってきた、この街に残っているのは島尾だけ、今度応召したら戦死します。彼の日常生活していた別宅の玄関の間にはその日の朝出かけて行く迄寝ていたとこが敷っ放しになっていた（―中略―）東京の吉岡に電報打ち、高宮の眞鍋宅留守、馬場頭の川上留守、大濠端を歩いて又矢山宅に行った。お通夜するつもりだったが、空気に堪え難い、十二時近く辞す。あれこれ分らぬことで微熱状態になったが疲れて眠った。翌三十日。起きると死んだ矢山からひょっこり手紙が舞込みはせぬかと、来はせぬ。千々和にハガキ。福田宅に知らせる。玉井留守。猪城留守。風きつし。寒さ俄かに厳し。近来矢山黒い鳥になって博多の街々を飛び歩いている気持しきりであった。自分の側から云えば嫉妬、無縁の情は消えかかっていた。眞鍋宅今日も留守。二カ所に大火発生（―中略―）再び街に出で寒風の中にひまをつぶし又高宮に行く。高宮で降りると同じ車から眞鍋のおっ母さんが降りてきて、どうしたことですか、どうした可哀相なことですか。その夜眞鍋の家で泊った。矢山も泊っていた呉ちゃんの部屋。夜を徹し風が吹き眠れぬ」

　というような前のめりの記述のすぐあとに、「鳥よお前は何故死んだ」という問いかけをふくむ次のような詩が続いていて、大戦末期の冬の息づまるような衝迫感がまざまざと蘇ってくる。

　　　鳥よ　お前は

鳥よお前はもう人間ではなくなつて
黒い帽子に羊羹色のトンビひつかけ
この街々を飛び歩くのだ
ばさばさと寝縹《ねはなだ》の街を鳥よ
（矢山は黒い帽子に羊羹色のトンビで外出した。

この街とは博多の街で、矢山は、原籍も現住所も、幼稚園から大学迄この街であつた）

鳥よお前は何を見た誰もゐなくなつたこの街に
この街角で誰に話しかけるの
焼棒杭《やけぼつくひ》の悲しさに
素知らぬ顔ばかりことばの通じない鳥よ

（昭和十四年十月「こをろ」はこの街で誕生したが、その時分沢山の同人の殆んどはこの街に住んでゐた。やがて漸次に入営し、出征し、上京したりして福岡には三人ばかりになつたことがある。そこへ矢山が現役免除になつて帰つて来た。それからの矢山と私の交友は焼棒杭に再び火がついたやうだと思つた。あらゆる街角は思ひ出であつたが、二人共昔程の若さには居ない。ことばといふことは共通の宿題であつたが、殊に矢山はことばが美し過ぎるといふ非難を受けた。それはたとへば花火のやうであるとも云はれた。それだけにことばの通じないことへのいらだち、悔恨はひとしほであつたらうと思ふ）

鳥よお前は何故死んだ
トンビの裾飜して通りぬける
夜空に血を吐き泣いたとて
ほととぎすの悔ひは叶ひはせぬ何故死んだ鳥よ

（私の死んだ東北の祖母はよくこんな昔話をきかせて呉れた。兄思ひの弟は貧乏の中から無理をして外で働く兄の為に食べ物を工面した。お芋も自分はへたを食べても兄にはよい所を残した。兄は、残し物さへこんなにいい所だから弟のやつもつとうまい所をこつそり食つてゐるのであらう。兄は弟の腹を割つてみた。へたばかりしかでなかつた。兄はほととぎすになつて血を

吐く迄泣いて飛んで歩く。おとゝ恋しやぽつと打割《ぶつつあ》いた。此の章は私の悔）

鳥よ風が吹いてゐる
荒れてゐるよ街が黒い帽子が
飛んで行くよ風よガラス戸をたゝくな
たゝいてくれるなほら柩が通る鳥よ

（矢山の詩集は『くんしやう』『友達』『柩』。矢山の詩に「鳥」といふのがある。―以下略―）

ちなみに、私は昭和十七（一九四二）年の五月に召集を受けて下関重砲兵連隊に入隊、三カ月の教育機関を経て豊豫《ほうよ》要塞重砲兵連隊に転属を命じられ、以後引きつづき佐賀ノ関沖の高島という無人島に駐屯していた。だから、前掲の島尾の文中に「眞鍋宅」とあるのは私の留守宅のことであり、私が高島で矢山の死を知ったのはその翌々三十一日の夕方、たまたま対潜監視哨の交替要員として山上の哨所の六尺腰掛に控えていた時のことであったが、折から飯あげの初年兵が飯盒と一緒に運んできてくれた島尾からの電報を読みくだしたとたんに、我ながら自分のものとは思えぬほどけものじみた叫喚が喉もとから衝きあげてくるのを覚えた。それがあまりにも気ちがいじみて見えたからであろう、日頃は厳格な天草出身のK伍長が、

「どうかしたツか？　ん？　なんか心配ゴツか？……」

小さな子供でもなだめるようにそんなことを言いながら、あわてて腰を浮かした。しかし、どんなに奥歯を噛みしめてみても、その叫喚を抑制することができない。それはなにか、喉から胸もとへかけての筋肉が、矢山の死を受けいれまいとして激烈な拒絶反応を起こしてでもいるような感じであった。そこで夢中で哨所をとびだして速吸《はやすい》ノ瀬戸《せと》に面した防風林に駆けこんだのだが、そのうちふと我にかえっ

た時には拳でやみくもに赤松の樹幹を叩きながら号泣していた。私はもともと他愛ないメロドラマにさえ涙を流しかねないほどだらしない性分ではあるが、さすがにあんな狂態を演じたことはあとにもさきにもこの時だけであった。

しかし、その数日後に届いた島尾からの詳報はさらに無慚であった。その手紙によれば、最近の矢山はまだ暗いうちに起きて住吉神社で行なわれていたラジオ体操の集まりに参加し、それから朝食までの数刻を小学校の修身の教科書をひろげた経机の前に端座して過していたという。

そういえば、その前々年の暮に九大の農学部を卒業、当時は上京して五反田かどこかの日本学研究所に通っていた小山俊一も、それから十六年後の昭和三十四（一九五九）年に矢山の死を回顧して次のように書いている。

「事故だったか自殺だったか今に不明で、当時『こをろ』の中にも二説があったが、しかし彼らが受けた印象は全く同質のものであった。自殺か事故死かのちがいが完全に無意味であるような、ある深く運命的なもの象徴的なものとしてその死は受けとられた。この印象の同一と、現在もそれが鮮度を失わないことを、現存するかつての『友達』についてたしかめることができる。それは、いってみれば、ひあがった水たまりであえいでいた鮒の白い腹を返した死、呼吸困難のはての窒息死という印象であって、そういう感受の性質は同時にその時期の『こをろ』のメンバーを一様にとらえていた感情のありようを説明している」（「戦争とある文学グループの歴史」――「思想の科学」昭和三十四〈一九五九〉年十二月号）

小山のこの総括は、当時も今もほとんど変ることなく私どもの襟髪をつかんではなそうとはしない衝撃の根源的《ラジカル》な内容をよく言いえていると思うが、こんなことは滅多にあるものではない。

それでは、矢山の死はいったいなんの「象徴」で、なぜ「運命的なもの」として受けとられたのか。なぜ、親友の死というだけではどうしても割りきれぬほど深い喪失感を私どもにもたらしたのか。それにはおそらくより正確で綿密な分析が必要であろうが、その最も大きな理由の一つは、やはり私どもにとっての矢山が暗黙のうちにありうべき存在としての「最後の詩人」のひとりと認められていた、という事実に帰しうるのではあるまいか。

しかし、矢山が「最後の詩人」のひとり——あるいは「最初の詩人」のひとりとして衆目の認めるところであったのは、無論、ジャンルとしての意味においてでもなければ、特権的な意味においてでもない。伊東静雄が立原道造の夭折を惜しんで書いた、次のような記述の意味においてである。

「立原君のことを思うて、一番残念なのは、君がもう少し生きてゐてくれたら、僕等とほぼ同類の仲間が、立原君を中心にして沢山、にぎやかに、若々しく出てくるのぢやないかといふ期待であつた」(「立原道造君と私」——「四季」昭和十四〈一九三九〉年七月号)

しかし、やんぬるかな、その立原と矢山の共通の詩父としての萩原朔太郎は、この時すでに「私の暗い故郷の都会」というかたちで、その魂の原郷の荒廃をうたってしまっていた。また、ほかならぬ伊東静雄も、立原を送って一年後の昭和十五(一九四〇)年には、「忍《しの》ぶべき昔はなくて」というかたちで、その愛と青春の喪失をうたってしまっていた。つまり、私どもの外部にはもういかなる詩の母胎も、いかなる変革の主体も存在していなかった、といっても過言ではない。

それかあらぬか、昭和十三(一九三八)年の国家総動員法の公布を経、十五年の大政翼賛会の創設に至ってほぼその目的を貫徹した超絶対主義体制の確立という現実は、当時の詩人の生活にとって何を意味していたか。ここではむしろなんの註釈も加えずに、「四季」の中心の一人であった三好達治をして

「まるであの遠い国では詩人が不足してでもゐるかのやうに」と嘆息せしめた、次のような夭折の事例を列挙しておくだけで十分であろう。昭和十二（一九三七）年九月辻野久憲二十八歳。同年十月中原中也三十一歳。十四（一九三九）年三月立原道造二十四歳。十八（一九四三）年七月増田晃二十八歳（戦死）。十九（一九四四）年六月津村信夫三十五歳。二十（一九四五）年一月高祖保三十五歳（戦病死）……もしこれでも不十分であれば、以上の事例に昭和十七（一九四二）年――矢山の死の前年のわずか一年の間に際会しなければならなかった私どもの師表としての萩原朔太郎、與謝野晶子、北原白秋などの死を付け加えれば、それから約半世紀を閲《けみ》した現代の読者にも、当時の詩と詩人を襲ったみなごろし《ジェノサイド》とでもいうべき惨憺たる状況をほぼ正確に理解していただけるのではあるまいか。

　いわんや、すでに死の前年の立原に会い、私どもの会の機関誌を混沌たる無からの創造の響きという含意をこめて「こをろ」と名づけ、その二百名前後の読者に宛てた「私信」（「こをろ」六号昭和十六〈一九四一〉年三月刊）の中で、

「私たちは『こをろ』といふ一つの場を得て、今日の現実を確認し、敢然とするものであること。さうして『こをろ』によつて、より多くの私達の世代、青春を、私達が急ぎ、闘ひつつある場に招待しようといふ、聞いたところでは無謀な野心、試み、これが私達の『こをろ』の唯一の存在理由だと信じてをります」（傍点眞鍋）

　と書いた矢山が、こうした荒涼たる空白に無自覚であったとは到底考えられない。

　にもかかわらず、この長大な時空を擦過する孤独な発光体としての詩人という存在は、無謀にも詩と現実との原理的には当然の乖離に対してすら、妥協するすべを知らない。自分のそういう厄介な志向を自分でもどうすることもできない。まして、他のいったい誰が、人しれず寂寞の荒野に燃えさかるこ

の根源の火を消すことができたろう。
即ち、わが矢山哲治もまた、まさしくそういう業《ごう》のはなびらとして近代の奈落に投げだされた、イロニーとしての詩人であった。誰に頼まれたわけでもないのに、立原と共に朔太郎や静雄から受けついだネガとしての青春の焼付を、自分の過剰な負目として引きうけずにはいられなかった。いや、「理想の戦争」という——この世の偽善的な規範や厚顔な暴力装置に適応して二重の倒錯を生きぬくためには、あまりにも生粋で無器用な原有の詩魂以外のなにものでもなかった。また、だからこそ、尊大な反俗的俗物の跋扈《ばっこ》に傷つきながらも、

ひとありてわれもたのしきいのちかな
（眞鍋の幼年句集『花火』への祝句）

と歌い、

存在を　前にしてのみ　蛍のやうに身を灼きつくしながら
（「柩」）

と歌い、

わたしは鳥
もう一羽の鳥に呼びかける
日が暮れるまで
羽がくたびれるまで飛んでゐようよ
わたしは鳥
もう一羽の鳥が呼びかける
夜が明けるまで
羽が休まるまで翔けてゐませう
（「鳥」）

と歌わずにはいられなかった。

しかも、当時と現在の状況の特徴を巨視的な眼で見れば、私どもの必敗の戦士としてのたたかいの契機が強制によるか自由意思によるかという一点を除けば、それほど大きな相違はないように、私にはみえる。つまり、本質的な意味では、戦前の絶対主義とそのリアクションとしての相対主義というふうにしかみえないのである。また、矢山の死以来四十数年の久しきにわたって、この足を断ちきられた「鳥」の悲痛な羽ばたきの音が私の耳に絶えなかったのもおそらくそのためであろうが、それではこのはかなく、それでいて根づよい羽ばたきの音はいったい何を私どもに呼びかけているのか。ここであえて、「今や人間は宇宙を征服しようとして鎬《しのぎ》を削っているというのに、おまえはなにを夢みたいなことを言ってるんだ」と言われることを甘受する覚悟で書いてみると、私にはそれが「いかなる戦争にもいかなる暴力にもよらぬ産軍癒着的な支配体制の廃絶」という新たな、けれども「聞いたところではやはり世にも無謀な試み」であるような気がしてならない。

それにしても、昭和十四年の春のある日、それから六年後には米軍の焼夷弾によって焼失した福岡市東中洲の茶房メトロの二階ではじめて矢山に紹介された時の、なにか突如として未聞《みもん》の種族にめぐりあったような、というよりは、雷にうたれた身うちで青い火花がぶっつかりあってでもいるようであった異様な感銘は容易に忘れられるものではない。矢山は当時、満二十一歳。まだ九大の農科に入学したばかりであったにもかかわらず、すでに詩集『くんしやう』を世に問い、檀一雄、立原道造、火野葦平など、一部活眼の先達からその大成を嘱望されていた。のみならず、彼が当時の文学青年の自慰的な意識からはるかにぬきんでていたことは、たとえば生物学、気象学、農業経済学などへの文学にまさるともおとらぬ志向や『数学文化史』の著者吉岡修一郎への親近、あるいは九大が特に京大から招聘した落合太郎ゼミへの数少い出席者の一人であったことなどでも明らかであろう。

しかし、その年の末の「こをろ」創刊から死に至るまでの四年間を通じて、私の中で眠っていた自殺未遂の自棄的な魂を震撼し、呼びさまし、いざない続けてやまなかったのは、矢山のそういう意識的な一面ではない。いや、その卓抜な視野の広さや新奇な事物に対する熾烈な好奇心もさることながら、当時十九歳から二十二歳にかけての見境いなく人に噛みつく狂犬のようであった私にとって最も驚異であったのは、彼のほとんど無私と言ってもいいほど果敢な因習外の連帯に対する献身であった。そのためのおびただしい贈与であり、あきれるほどナイーブな奮闘であった。また、この一点に関するかぎり、私は矢山ほど真摯であった青年をほかに知らない。

私はだから、それからまもない矢山の轢死を、文字通り、刀折れ矢尽きたあげくの壮烈な戦死だ、と信じている。硝煙の臭いがたちこめた周囲の闇を照らすために、自分のいのちを薪として白熱の炎をあげながら燃えつきたのだ、と信じている。


付記　この一文が付載された『矢山哲治全集』の監修者のひとり島尾敏雄は、昭和六十一（一九八六）年十一月十二日に出血性の脳梗塞で急逝した。その三カ月ほど前、矢山の書簡の註のことで、鹿児島に住んでいた島尾に不詳箇所を問いあわせると、その返事のなかに次のようなことを書いてよこした。

「矢山一巻全集首を長くして待っています」

島尾の熱心な読者ならよく知っていることだと思うが、わずかに東洋史専攻の痕をとどめた後述のきまり文句を除けば、島尾がこんな主情的な表現をしたのを私は一度も見聞したことがない。それだけにその生前に刊行できなかったことがまことに残念であるが、もし島尾がこの全集を手にすることができていたら、

「転《うたた》感慨無量である」

そう言って喜んでくれたであろう。
尚、死者の生存を仮定することが生者の感傷にすぎぬことは、私もよく承知しているつもりである。ところが、私は最近になっても何度か空想せずにはいられなかった。もし、矢山が生きながらえていたら、私のいわゆる「いかなる戦争にもいかなる暴力にもよらぬ産軍癒着的な支配体制の廃絶」という志向において島尾と一致していたにちがいない、と。また、そういう意味では、世に伝えられている「こをろ時代」の矢山と島尾の対立も大同という範疇のなかでの小異にすぎない、と私は考えている。

『矢山哲治全集』解説（昭和六十二年九月、未來社）

眞鍋呉夫と、高宮の眞鍋邸前にて

矢山哲治の死

島尾敏雄

矢山は一月廿九日に急逝した。二十六歳であつた。此一文書く時はいくらか余裕あつての結果だ。矢山は死んでしまつたが自分はかうして生き残つてゐる。一方嘗ての級友の戦死の報せが間歇的に伝はつて来る生活をしてゐる。友の死に対して、その頃はお互いが自分のことばかり考えてゐたなどと言つてみても始まらない気もする。さう、友の苦悶の淵に共に身を投げてみる愛情を素直に胸に抱くことの出来ない程若い世代にあるのだと歎いてもみようか。事情は、自分も共に界内に居り、界内での悲痛のつぶやきであつてみれば、矢山の死の意味を抽象すべくもないし、又分りもせぬ。ましてや自分のこのやうな作文が齎す所の意味などを。ただ自分にしてみれば、矢山は鳥の如く純乎として宿題を掲つ放しにしてゐるので、それに各様の答案を書いてみたところでどうなることだらう。どんな風に矢山に通じることなのかしらん。矢山とのかつての交遊をなつかし相に回想して外界に露出することも今の所臆劫のやうだ。千万の時刻の或時にはひどく矢山に占領されてしまふこともある。去来する考への断片の中では屍を踏んで行かねばならぬ。日毎に一羽の矢山が身内にうずくまり、矢山の眼は、矢山の体臭はことごとに触発して、錯覚の中で矢山の死は身近であるとも言へようか。所詮は答案の書直しを重ねることになり心もとなく、いはゞ悲しい。

（矢山の手紙）去る五日夜、現役免除、陸軍予備役一等兵となつて帰宅致しました。まだ落着かず、今後の療養の方針も定らず、なほよく地方医にただしてみることにして、一先、入営前に居たあの二階へ、幸い空家でもあるので、数日うちに移る考へです。落着き、今後の方針も決れば改めて御一報します。福岡の街の横顔のすつかり革つてゐるのに驚き、かへつて、気易くもあります。ただ、シヤバの汚く騒々しいのにあきれるのは、兵隊のあかが脱けきらぬ点かも知れません。まだ大野の留守宅ぐらゐにしか報せて居りません。当分、報せないでもよからうとおもつてゐます。が、今夜食に、妹とひよいと君の噂が出て、君にはいずれ報せねばならなくおもつてもゐた故、急に書いておきたくなりました。福田宅には、数日うちお手紙する考へでもありますが、お逢ひでもなればお話しておいて下さい。地方人になると、自分が病人であることがあらゆる束縛であることと(病院は病人のためのもの故、不自由の自由があつた)私事ながら信用のないことは、兵隊でなくなつたことの証拠かも知れませんが気懸りになることどもです。今日のところ、寝て、食事などに起き、病院へのついでに、書店に行つたりですが、だいたいひきこもります。数日うち医者が決めるでせうが。戻つて、暗夜行路、無限抱擁など読んでみました。内容について、この書物を巡つて私事など考へました。三枚書いて書き改めようとその儘になつてゐたが、今日、五日付はがき病院から廻送になつたので、とりあへず。明後日例の二階へ移るから、来週あたり遊びに来て下さい。十七年十月十三日夜。

(矢山のはがき)昨日は失礼、数日うつうつとしていたので気晴しに出た。陽なたの部屋に終日休んでゐたが、かへり電車に乗れず歩いたら、すこし疲れが出た。「無限抱擁」は有難かつた。(註、岩波文庫本が欲しいと言つていたので古本屋で見つけて持つて行つたことをいふ)この頃、夜はめしを了ると電燈を消し、九時位までに寝入つてしまふが、ゆうべは、中谷孝雄「旅情」を読んだ。自分の書くことを心得た文章で、つねづね感心する人だが、この紀行文は、気宇の大といふものを覚えた。羨しかった。

一昨日、島井、眞鍋両氏からはがきが来て自分の一身について希んであること、殆ど同じこと故、こころに泌《ママ》みた。自分が、こんど、かうして帰郷したこと、自分にとってよくよくのことと思ひ、かつてない気構えを強ひられる。まず自分の一身や身近から、整頓するより致方あるまい。退院満一ヵ月、実にながかつた。とりあへず。十一月六日。

俳句誌「芝火」十七年一月号に「栞草」といふ矢山の文章があるが、その頃から矢山はおさらひばかり始めたやうに思はれてならない。この文章には、矢山の胸中を去来した人々や書物がめめしい程手際よく復習されてゐる。カリエスを患つてゐる気の毒な少女の歌。眞鍋呉夫の「つきよ」といふ小説。「こをろ」といふ雑誌の創刊。彼の「火野先生」といふ文。保田与重郎。太宰治。瀧井孝作「無限抱擁」。ロレンス。菱山修三「荒地」。藤田文江「夜の声」。伊東静雄「夏花」。彼の幼年詩集「柩」。長崎への旅行。川端康成。堀辰雄。浦瀬白雨先生。島井平一。A. C. BENSON、「ジヤン・クリストフ」、ツルゲニエフ、ジイド、「ヘルマン・ウント・ドロテア」等彼の所謂十八歳の読書。秋山教授。カロッサ。立原道造と檀一雄といふ二つの道標。幼稚園から大学まで福岡。農科。アラン。私（島尾）の言つたといふ言葉。吉岡修一郎氏。「トニオ・クレエガア」。女友達をまじへた彼の言ふ所のグルツペとの丘陵城址への旅行。岸田国士。高積雲。檀一雄氏への書簡につけた詩一篇。又其後、矢山の遺した蔵書を整理した時に次のやうな覚書をみつけた。蔵書整理要項、1愛蔵書（詩書、其の他）、2文芸評論（基礎的なもの）、保田、芳賀、その他、3飜訳書（カロッサ、リルケ、ニイチエ、ゲーテ、其他）、4自然科学（主として、生物学、気象学、その他）、5農学一般書。6洋書。購入書、1芳賀（英雄の性格、祝祭と法則）、矢一文集。2保田、古典書、英雄と詩人、日本の橋、後鳥羽院。3ニイチエ（ベルトラム)、若きゲーテ(グンドルフ)、その他、ゲーテの洋書、ニイチエの洋書。之は電報の裏面に記入されてゐてその電報の消印は十七・一一・七となつてゐるから極く最近のことだ。両者共に或日ふとしたメモであらうし、この二つで矢山の忘れ得ぬ書物、人々、風景の総てがとらえられたとは言へまい。さりげなく眺めるにしても、同世代の青年の精神生活の歩みのメモが眼の前にあることは他の人には知らず私にとつては意味深い。而も矢山は突然に此の世のものではない。私は思ふのだがこのやうにドイツ風な、又日本浪曼派風な雰囲気に誕生してゐた矢山とさういふ所に無縁であつた私との初期の交友状態が奇妙な悔恨の情を以て、嫌悪され、なつかしまれるのだ。矢山のおさらひは以上に留らない。彼が友人の誰彼に出したたよりが、それは「こをろ」創刊当時の彼の文通度数をずつと減じたものではあつたが、自分の過去の歩みを綿々と綴つたものが多いことだ。出征中の眞鍋宛の便りに次のような箇所がある。――おはがき有難う。正月来、まだ高宮に参らぬ故、明七日ゆくつもりでゐる。昨日、午後の半日、敦、俊一の三人で、門、リズムなどで過した。天草のどこかに世話して貰ふことにした。こんどのスランプはひどかつた。二年前、僕がK君と争う形になつて改組したときから、また、詩集友達の糸島での集りが心残りとなつた日からとでも言はうか、心にわだかまつてゐて、つとめて、それから考へをはづし、それを避けてゐた自分が、ぎりぎりに問はれねばならなかつたことだつた。もちろん、病院から持つてかへつたことだつたが……過ぎ去つた経過はとにかく言はぬことにして、二年前から、僕はどうしても「前向」になれなかつた。「死ね」なかつた。K君が止めたとき、自分も止めるべきを知りつつ止めえなかつた。また、自分の文学の方向を失ひ、そこで、一応文学を捨て……科学者(技術家)となるべきを知りつつ、こをろをつづけるといふそれだけの強情さで周囲をごまかしたとも云へるのであつた。

気持がつねに冷く、暗かつた。さういふ自分に不信であることから、日々に責任もてず――などとこのやうな調子で矢山はもつと色んなことを文字にしてみてゐるのだ。「けふになつてみれば、遠く小さく、そんな自分がをかしい位」と自分自身で言ひながらそのをかしさを止めようとしない。止めようとしないのはお互ひのさがであり、二人がそのさがをかこつたこともあつた。又別の眞鍋へのたよりを見ると――田舍に行つて、廿五年のアクやアカを抜くばかりです。ものを書くことその考へ、しばらく絶ちました。雑誌も呉ちやんの名儀にして、とにかく離させて貰ふことにしたのです。吉岡にはよく書きましたが東京から出しはじめたわけだし、従来のゆきがかりを抜いて、新しく出直すべき、再生すべきとおもひます。小山がよく中心になつて、吉岡、千々和が助けてゆくとおもひます。文学は自分の血肉になつてゐるやうですから、シマオの場合と同じく文学なしに了るわけにゆくまいとそのこと心の奥にたしかに信じてゐます。(むしろ、昨日までは、文学だけで堪へきれぬものあつたわけです)ただ、いまは、どのやうな文学も言へぬわけです。とにかく心身を救ひ、精神をきたへなほさねばなりません。田舍の自然にゆくばかりです。その先はその先です。ここ数年来、暗いものがつねに重くおいかぶさつてゐました。それがやうやく晴れてゆきます。もつと、おとなになり、頼つたり甘えたりせぬやうにならねばと敦子さんはじめ、要するに誰彼もから言はれることどもでありました。これまで、世間を知らず、旅に出たこともなく、その点弱い子でしかなかつたわけです。しかし、それも致方ない事情もあつたわけだし、もう、終つたことどもですから、日々に新に日々に死に、日々に明るく、日々にのびやかに、いまからゆきはじめるばかりです。呉ちやんの兵隊生活が、島の自然のなかのくらしがよい実りをもたらすことを信じてゐます。こをろ十二号はまだ読んでゐません。もう久しく、新聞も書物もよんでゐません。（そんなわけで、この前のおはがき有難かつた）田舎はスケッチブックと書物を（これまで読んだことのない古典）すこし持つてゆくつもりです。先日のうたのかへし（和泉式部）、戸山ふく風の嵐の音きけばまだきに冬の奥ぞ知らるる。（眞鍋へのたよりを借用したのは他のもののない今となつてはその間の消息は他には分らないし、宛てられた対象が私ではないのに、此処にそれを引用するのはをかしいが、私との文通はその交友関係の範疇の上からも殆ど無いからうかがへない。）

一月十日は眞鍋の弟が入営するのでその前日に矢山と眞鍋の家に行つた。丁度御馳走が出て、矢山は度を過ぎた親切な態度で私に酒をのませた。帰りは二人で街を歩いた。彼は自分のことばかりひとしきり話した。那珂川の橋の上で彼が、△さんはえらかばい。君が惚れてゐるからそんな風に言ふのだ、私は腹が立つてきたからさうきめつけたつもりだつた。矢山は、手をはげしく振つて私の言ふのを制止するやうに、言はして呉れ、ぼくののろけなのだ、言はして呉れ。はげしくて泣くやうだつた。川面は寒く、不幸なことだ。お茶をのむのに「門」に近くなつた頃話題は私のことに移り、偶然玉井も同席して、矢山は私をかう言つた。君はゲテ物に楽しんでゐる所があり、自分を追求してきりつめて見ることがないのではないか。俗物、常識人、素人《ジレタント》、そんな風な創刊当時のいくつかの言葉の矢。翌日眞鍋の弟を下ノ橋の営門まで送つて行つた。私は「しつかりやれよ」と言つた。矢山は、「僕の分までやつて呉れ」と言つた。それからの数日私には失眠の日が続いた。

十四日に矢山を訪うた。妹さんが、少しへんなのです、あんまり興奮させないやうに、と言つた。話は又々こをろの友達の誰彼の批判。矢山は私のこと、私は矢山のこと、さうして結局二人は興奮した。「島尾がさういふ風であるといふことは、小見山さんも、小山も、千々和も川上も、さう見てるのではないかな」それからの数日は、自分のことばかり考へ勝の日が続いた。

嫉妬といふ言葉が頭を占領した日もあつた。オーソドツクスと逆説。無縁であると思つた日もあるのだ。夜は狂ほしく朝は気はずかしい。けしかけてゐる気持。ばかげてゐる。もう平衡を得てしまつてゐる。このやうに誰を対象として。

（矢山のはがき）天草の宿決りかねて、月末まではかかりさうです。夜半、チミモウリヨウの影も消えゆき、ぬくい日に廿五年のあくびです。一昨日か、第一映画で、ナチスの少女団の宣伝映画を観て、人心地ついて表に出ました。とりあへず。一月十七日。

一月二十二日。丸善で本を見てゐるとKさん、C、Mさんに逢ひ別れて門の方に来ると、矢山哲治がヒヨウチヤン（私のあだな）と呼んで飛出して来る。彼今日は元気である。就職しようと言ふ。自分をたのんでゐては駄目だといふことを言ひ交す。彼天草へ振落しに行くのではなく、気まぐらしに行くのがよい。そんなことから、僕も一緒に行かうか。約束して、又、万事都合よく、さういふ状態になれたらさうしよう。共に丸万で安い夕飯をすませる。一心に食事した二人。雑踏の中での別れは二人共、つかれて、悲しげにあつたが、口数も少なく、振返らないで右と左に人ごみの中に見えなくなる。

二十三日。学校に行つてゐる留守に、矢山が訪ねて来たといふ。机上の便箋に、二時半、矢山。とだけ。二十八日。矢山との天草行、気持すすまぬのでそのことを言はうと街に出たついでに矢山の家の方に足が向いたがやめた。長崎あたりまで一緒に行かう。

二十九日。この日早朝矢山は急逝した。夕方妹さん見え、兄が亡くなりました。柩見て涙湧き止め難し。御母堂のなげきの断片から、天草行止めになつてゐたこと、親戚の所におつ母さんと行くことになつてゐたこと、鈴木真に逢ひたい、最近吉岡修一郎氏、鈴木教授に逢つてゐたこと、朝住吉神社にラヂオ体操に行つてゐた、その日の朝洋服を着て一旦出てから靴をはきに戻つたりした、死骸になつて帰つて来た、この街に残つてゐるのは島尾だけ、今度応召したら戦死します。彼の日常生活してゐた別宅の玄関の間にはその日の朝出かけて行く迄寝てゐたとこが敷つ放しになつてゐた。書物は読まないことにして押入れの中に入れてゐたが、眼につく所に伊東静雄の詩集、新しいスケツチブツク、冨士本と眞鍋からの最近のはがきが目についた。他一切焼却したらしい。東京の吉岡に電報打ち、高宮の眞鍋宅留守、馬場頭の川上留守、大濠端を独り歩いて又矢山宅に行つた。お通夜するつもりだつたが、空気に堪へ難い、十二時近く辞す。あれこれ分らぬことで微熱状態になつたが疲れて眠つた。翌三十日。起きると死んだ矢山からひよつこり手紙が舞込みはせぬかと、来はせぬ。千々和にはがき。福田宅に知らせる。玉井留守。猪城留守。風きつし。寒さ俄かに厳し。近来矢山黒い鳥になつて博多の街々を飛び歩いてゐる気持しきりであつた。自分の側から言へば嫉妬、無縁の情は消えかかつてゐた。眞鍋宅今日も留守。二カ所に大火発生。（爾来福岡では火事が頻々として起り、全国的にさへなつた）再び街に出で寒風の中をひまをつぶし又高宮に行く。高宮で降りると同じ車から眞鍋のおつ母さんが降りて来て、どうしたことですか、どうした可哀相なことですか。その夜眞鍋の家で泊つた。夜を徹して風が吹き眠れぬ。

　鳥よお前はもう人間ではなくなつて
　黒い帽子に羊羹色のトンビひつかけ
　この街々を飛び歩くのだ
　ばさばさとこの寝縹の街を鳥よ

（矢山は黒い帽子に羊羹色のトンビで外出した。こ

の街とは博多の街で、矢山は、原籍も現住所も、幼稚園から大学迄この街であつた)
鳥よお前は何を見た誰もゐなくなつたこの街に
この街角で誰に話しかけるの
焼棒杭の悲しさに
素知らぬ顔ばかりことばの通じない鳥よ
(昭和十四年十月「こをろ」はこの街で誕生したが、その時分沢山の同人の殆んどはこの街に住んでゐた。やがて漸次に入営し、出征し、上京したりして福岡には三人ばかりになつたことがある。そこへ矢山が現役免除になつて帰つて来た。それからの矢山と私の交友は焼棒杭に再び火がついたやうだと思つた。あらゆる街角は思ひ出であつたが、二人共昔程の若さには居ない。ことばといふことは共通の宿題であつたが殊に矢山はことばが美し過ぎるといふ非難を受けた。それはたとへば花火のやうであるとも云はれた。それだけにことばの通じないことへのいらだち、悔恨はひとしほであつたらうと思ふ)

鳥よお前何故死んだ
トンビの裾翻へして通りぬける
夜空に血を吐き泣いたとて
ほととぎすの悔いは叶ひはせぬ何故死んだ鳥よ
(私の死んだ東北の祖母はよくこんな昔話をきかせて呉れた。兄思ひの弟は貧乏の中から無理をして外で働く兄の為に食べ物を工面した。お芋も自分はへたを食べても兄にはよい所を残した。兄は、残し物さへこんないい所だから弟のやつもつとうまい所をこつそり食つてゐるのであらう。兄は弟の腹を割つてみた。へたばかりしか出なかつた。兄はほととぎすになつて血を吐く迄泣いて飛んで歩く。おととこひしやぼつと打割いた。此の章は私の悔)
鳥よ風が吹いてゐる
荒れてゐるよ街が黒い帽子が
飛んで行くよ風よガラス戸をたたくな
たたいて呉れるなほら柩が通る鳥よ
(矢山の詩集は、「くんしやう」「友達」「柩」。矢山の詩に「鳥」といふのがある。その中から――わたしは鳥。もう一羽の鳥によびかける。日が暮れるまで。羽がくたびれるまで飛んでゐようよ。わたしは鳥。もう一羽の鳥がよびかける。夜が明けるまで。羽が休まるときまで翔けてゐませう――）

二月三日東京から吉岡、小山来る。六日鍛冶町高円寺にて葬式。二十三日妹さんが見えて部屋のすみに捨てゝあつた紙片を持つて来た。矢山の筆蹟でかう書いてある。一月二十五日、第一日、ラヂオ体操、明日ヨリ図書館ニユクコト、農業経済学ヲ勉強スルコト、決戦下ノ日本デアルゾ。一月二十六日、第二日、農学士トシテノ自負心ヲ養フコト、農業経済ヲ勉強シ、ソノ自信ヲ、ソノ角度（ソノ定見）ヲ有スベキコト。二十八日に船津純彦と矢山の家に行き蔵書の整理を手伝つた。手帳が見つかつた。三頁に亘つて次のことだけ記入してゐる。即ち――

鈴木先生。お詫ビ。恒屋匡介。腹ヲツクルコト。長尾良。ナイモノヲモトメルナ、求メテ与ヘラレズ、抱擁スベキデアル。友人諸賢。島尾君。私情ヲ入レヌ訓練。私情ヲ云ハヌ訓練。一、就職ノコト、二十三日朝（二十二日夜）恒屋匡介宅ニテ鈴木先生へ相談ノコト、落着クコト（腹ヲ据ヱルコト、腹ヲツクルコト）△△（判読出来ぬ）、落着クコト。一、農業実業団体事ム、（ジヤアナリスト、中等教員）二十四日、午後、鈴木先生宅。先生ハ二月初旬――十五日北海道日食観測。農政教室ノ件（△（よめぬ）ノ就職）。自分ノ気持ヲ云フコト駄目。落着クコト――

「こをろ」第十三号（昭和十八年六月）

矢山全集に寄せて

那珂太郎

矢山さんが死んだのは昭和十八年一月二十九日である。あれから四十五年経つて、『矢山哲治全集』がいよいよ出ることになつた。これが実現するまでには随分の時日を要したわけだが、おそらくこの全集の完成を誰よりも待ち望んでゐたと思はれる島尾敏雄は、その数箇月前に「首を長くして待つてゐます」と言つて寄こしながら、去年十一月に急逝した。「こをろ」の主要メンバアの一人だつた川上一雄や、矢山氏の小学校以来の友人加野錦平も、同じく去年他界した。そのほか「こをろ」関係者や、矢山書簡にその名の出てくる人で、近年にはかに鬼籍に入つた人も少《すくな》くなく、あれこれ思ひ併せ感慨をおぼえずにをれない。

矢山哲治は、昭和十四年から十九年にかけて雑誌「こをろ」を十四冊出した文学グループの中心的存在だつた。二十四歳の夭折ながら、二十二歳までに三冊の詩集を出し、他に三十篇近い詩篇や、小説・評論・エッセイなど少からぬ数量の文章を書いてゐる。今日の目から見れば、苛酷な時代の制約のもとでの未成熟と未完成があるいは強く印象されるかもしれないが、あの時点では、やはり他に類を見ぬ早熟で多彩な才能に違ひなかつた。私にとつても、高校入学一年目の「校友会誌」で初めて矢山氏の作品に触れた百行の詩「柩」や、「こをろ」2号に載つた十五篇の組詩「お話の本」など、忘れがたいものがある。しかし今この全集のもつ意味は、個個の作品のよしあしよりむしろ、昭和十年代を積極的に真摯に生きようとした一青年の人間記録《ヒユウマン・ドキユメント》といふ所にある、と言はねばなるまい。

実は矢山哲治の全詩集を出す企ては、島尾敏雄の斡旋で十年余も前から或る出版社で準備されてゐた。しかしおそらくその後の出版事情から刊行が引延ばされる間に、眞鍋呉夫氏の努力で矢山の友人あて書簡類が蒐められ、矢山について強い関心を持つ若い詩人近藤洋太君がその整理を助けた。さらに近藤君は現地調査などもかさね綿密な年譜を作り、同人雑誌「ＳＣＯＰＥ」に矢山に関する力のこもつた評伝を連載した。偶々同じ雑誌の仲間だつた未來社勤務の野沢啓君と語らひ、同じ出すなら全詩集よりは、書簡類も含め矢山の書き残したものすべてを集めて可能なかぎり完全な全集を、といふことになつたのである。戦中、少数の仲間のあひだでは優れた才能を認められたとはいへ、世間的には殆ど無名のまま終つた一青年の全集が、死後半世紀近くも経てこのやうな形で刊行されるに至つたのは、稀有なことと言つていいだらう。


さてこの「附録」にまづ誰よりも先に書くにふさはしい人に、矢山氏の親友だつた小山俊一氏がある。しかしいま彼は世間に背を向け東京を遠く離れた地に隠遁してをり、依頼しても到底その稿を求めることはできさうもない。

私が昭和十三年四月に旧制福岡高校に入学したとき、矢山氏と小山氏は共に四年目の、高校生活最後の三年生だつた。今ふうに数へて当時十六歳の私には、三、四歳年上の両氏は近寄り難いこはい先輩であり、いまも両氏を呼び捨てにしにくいのを覚える。さん付け或は氏を付けないと落着かない感じを否めない。――尤も矢山氏や小山氏に対して私が一目置かざるをえない気持をもちつづけた理由は、単に年齢差とか先輩後輩とかの関係ばかりではおそらくない。その現実認識がいかに偏頗なものだつたとはいへ、「こをろ」の中心部分だつた彼らは、ときの〈現実〉に真摯に正対し、時代の要請に応へようと、「ねばならぬ」を必死に求め、かつ信じようとしてゐた。それにひきかへ、私はさういふ「ねばならぬ」が腹の底では信じられず、きはめて消極的にしか時代に対応しようとしなかつた、いはば〈現実〉回避的だつたといふところに、その理由があつただらう。〈現実〉に直面できぬ病気に自分は罹つてゐると感じ、年長者に対し引目と後ろめたさをおぼえながら、心理的距離感をもたざるをえなかつた。その頃私が書いた「ららん」といふ小説もどきは、当時の「こをろ」編集担当者から反時局的だとして斥けられたのだつた。

ともあれ、小山俊一著『ＥＸ－ＰＯＳＴ通信』『プソイド通信』の中には、数次に亙り痛切に矢山氏に言及した箇所がある（『矢山哲治全集』近藤洋太編「参考文献」参照）。ここにはそれら単行本に収められてゐない、おそらく一般の目には触れることの困難だと思はれる、一九八三年年二月二十日発行の「Da通信」から、二月三日付の全文を、小山氏に無断で書き写さう。

一月二十九日、Ｙの四十年目の命日。夕方、近くの神社に行って（いつもの散歩コースだ）、高い石段のてっぺんから夕焼空をしばらく眺めた。（この冬は厳しい寒い冬になれと思っていたのだが、思わぬ暖冬になった。その日も暖かで、みごとな大夕焼に金星が光っていた。）今さらＹについて感慨にふけることもない、彼のことは考えつくした、という気持だったが、それでも高い石崖の上でしばらくの時間、Ｙが頭の中を通るにまかせた。――わずか二十四歳で、むざんな死に方だった、あわれみと羨望（に似たもの）が頭をかすめる。あわれみ？　しかしあのときは悲しみさえ殆ど感じなかった。運命的な感じにただ打ちのめされた。福岡のＳから「タレカキテクレタマラヌ」という電報がきて、Ｙ（ベントー屋の）といっしょに東京から葬式にかけつけたが、汽車の中でＹのはなしはいっさいしないことにきめて、暗い寒い車中で眠れぬままときどきなにかほかのはなしをした。……羨望（に似たもの）？　しかしあんなふうに死ぬことはもうおれにはできない。自殺か事故かの区別がまったく無意味な、あれほど裸な正確な世界（による〈殺され〉）死があろうか。目撃者によると、彼は電車の前に「ダイヴするように」倒れこんだそうだ。彼を押したのは世界そのものだ。ほんの軽いひと突きで充分だったろう。あの最後の冬、彼は徹底地獄のなかにいた、といえるか。否だ。（徹底地獄ではあんなヤワな死に方はできない、いわば許されない。）徹底地獄には、徹底した外的条件と内的条件がいる。外的条件の方は申し分なかった、あのとき（一九三四年）世界の手は彼をつかんで爪を食いこませていた。それに拮抗するだけの内的条件が彼にはなかった。ある種の観念的な〈信〉はしばしば徹底地獄をつくりだす内的条件となることができる。彼は衰弱して、そんなものをなにももっていなかった。おれにくれた最後のハガキに「おれたちはみな陛下の赤子だ」などとかいたが、そんなものはだめだ。彼は空気の足りない酸欠地獄みたいなところにいたのだ。もちろん彼も（ニーチェのいう）「隠された者」だった。おれの知らないことがいろいろあったにちがいない。しかしどんなものが「隠され」ていようと、むざんなほど明白な彼の〈殺され〉の構造は変りようがない……。

——夕焼の色があせて、金星がいよいよ光った。顔なじみのジョギングの青年が石段をかけ登ってきた。私はのろのろとおりていった。（二月三日）

ここには、矢山氏への痛切な思ひを秘めた、つきつめた徹底した見方がある。天から見下せば、小山氏の言ふ通りに違ひあるまい。

しかし一方、矢山氏と同じ時代に息づきながら、現に多くの青年が「殺され」ずに生きのび、矢山氏のみが追ひつめられて「殺され」ざるをえなかつたといふのは、それだけ矢山氏が真摯にあの時代を生きたといふことだらうか。彼の死は、あの時代の青春を象徴するやうな、「運命的」なものを示してゐる。さういふ「運命的」「象徴的」な死を死ぬためにも、資質と能力と――さらに当人の意思を要するのではなかつたか。

矢山氏の死にはなほ私にとつて不分明なところ、納得しがたいところがある。そのためにも私はこの全集を読みたいと思つてゐる。

彼は、死の約一年前の昭和十七年一月十五日付眞鍋呉夫あて封書で「けふ『野砲兵』に決つた。入営はどうやら二月一日らしい。」と報告し、「レキシントンの撃沈は、うれしかつた。」などとも記してゐるが、一方その便箋の裏面には、「薄明」との見出しで、

現在の自分自身の――ひいては世代の――不安＝危機と対決する。自分の危機をよく知り究明し、それから脱出するために。単に文学的に不安の雰囲気を描くのではない。現在の不安がどこから来たかを究明するのだ。だから感傷は絶対に避けねばならぬ。

と書きとめてゐる。依然としてここでも「ねばならぬ」と言ふが、必ずしも矢山氏はあの時代に一途に肯定的に同調しようとしたわけではないと知られる。しかしここに記された「不安＝危機」、彼に意識された「不安＝危機」がどんなものかは、けつして明らかにされてゐない。

彼は予定通り二月一日久留米西部五一部隊に入隊、四箇月後の訓練中に両肺尖炎、両肺間浸潤と診断され、六月初めに久留米陸軍病院に入院、さらに四箇月後の十月に病気除隊となつた。

死の丁度十日前、昭和十八年一月十九日付鳥井平一あて封緘はがきでは「こをろ（雑誌の意）から離れました、また、こゝで文筆を折ることにしました、

これは、文学を断念したわけではなく、愈々に文学を生涯の伴侶とする決心からであります。」と書いたあと、自分の過去を総括し清算しようとするやうな、読み様によつては遺書めいても見える文面がつづく。

あまりにながく家族と共に、福岡に居りすぎました、もう過ぎ去つたことですし、自らの不明をいふほかないのですが、家族といふものについて、自分について、考へかた甘く（むしろ、衝突をおそれてそれを避けてゐたこと）身ぶりによつて、言葉（文学）によつて解決できるつもりでゐたらしいこと、云はば、critical points のなかだけで（閉ぢられた観念）で、解決を日ましに延期してゐたこと、退院後、いや応なしに、内外からつきつけられたやうであります。要するに内部の闘ひでありましたけれど、耐へきれぬ、支へきれぬものが痴愚になつて、ひとびとを騒がし、驚かし、また、傷つけたこともあつたこと、いつものことながらすまぬことでありました。こんど家族を離れるのは別家（ひとり立ち）するわけであります。これまで、たくさんに書物をよみ、たくさんに書きとばし、しやべりちらしました、また、たくさんに知人や友人が出来ました、また、自分でおかしなくらゐすきな人もできました、けれど、また、哲学とか生物学、気象学とあれこれまどひましたけれど、どれにも耐へきれず、どれも自分をつなぎきれず、私は、もとめ、いつか、それを通りぬけ、また、意識として逃げました、逃げようとして来ました、そのやうに自分をせめたて、自分をぢらし、自分をおびやかし、あせり、かけぬけさせるもの丶正体、どうしても摑めませんでした、そのやうな荒ぶる魂を慰め、救ふもの、なに一つありませんでした、――それが、少年期から廿五歳の昨日まで、つゞいて来ました、いまは、憩ふ魂であるかとおもひます。

この文末の「憩ふ魂」とはどういふことか。その内実もまたはつきりしない。彼はどういふ「憩」を得たのか。これにつづく一節では「私における rustic な存在」といふ言葉も出てきて「いまは、ぱつと前方が明るくなりました」と書くが、そこから感受されるのは極めて不安定な精神状態以上のものではない。死の直前の矢山氏の書き残したものを読んでも、謎は解けず、彼の死は依然として不分明なままである。

しかしこれを凝視するうち、いつか矢山氏の方が逆にじつとこちらを見返してゐると感じられてくるのである。さきの小山氏に対して矢山氏は、歴史的社会的存在規定としてはおまへの言ふ通りだ、ちつとも間違つてゐない、しかしその中でも人間には○○と自由とがあるぞ、と言ひさうな気がする。（○○はよく聴きとれないが）。何故死んだか、については矢山氏は明確には応へてくれず、かへつてきみらはどう生きるのか、と読む者に問ひかけてくるかのやうである。おそらくそれが、この全集を読むことの意味なのかもしれない。

『矢山哲治全集』付録（昭和六十二年九月、未來社）

『矢山哲治全集』

「こをろ」と私抄

「こをろ」と私（全十四回）（「西日本新聞」昭和五十三年十一月二十日〜十二月二十日連載より抜粋）

鳥井平一

「こをろ」と私（一）

昭和十三年六月、旧制の福岡高校の最終学年のとき矢山に会い、昭和十七年二月の矢山の陸軍の久留米入隊まで約四年余の間、さまざまな書物を読むことを通じて親しい交友があったので、「こをろ」の全期間に立ち会うことになった。

四十年を経過した今考えると、矢山の意図には立原道造の死（昭和十四年三月二十九日）によって実現の機会を失った「午前」にも代わる詩誌というものがあったかもしれないが、そうはならなかった。雑誌そのものは、それぞれが書きたいことを書いている交友の場といった感じではないかと思う。ただ

「こをろ」は（今、手元に雑誌そのものも、保存しておいた矢山哲治の書簡もないので、少しあやふやな記憶になるが）昭和十四年の秋ごろに第一号を出し、昭和十八年の半ばごろに、確か第十四号を出して終了した一種の同人雑誌の誌名である。

一種というのは、純粋に文学的修業の目標を持った同人雑誌でなく、もっと広いというか、ある意味で総合雑誌になりそうなものが考えられていたようだから。そしてこれは矢山哲治という一人の個性が、発案し希望して実現したと思う。私はもとより、詩人、小説家たろうとする才能も意図もなかったが、

し、この点は改めて再読の機会を得たうえで考えたいし、思いがけぬことに近く言叢社で出版されるという翻刻版を見る人たちに聞くべきことであろう。

むしろ今の私としては、そういう、いわばサロン的な在り方もよかったのではないかと思う。成立の中心が矢山であり、メンバーはおおむね彼の小学校、中学校、高等学校時代の友人たちであったから――その友達がまた自己の友人を誘った――おのずから、同年代の、当時二十歳前後の青年たちの隔意ない会話を交わせるひとつのサロンではなかったかということ。

それに博多のそういう同級同窓の中には（ただし敗戦後と違って当時は男女共学は小学校まで）、才気ある優婉な女性たちもいたので、ときには十数人も打ち連れて、近郊へ遠足することなどもあって、一層サロン的な記憶を今に残しているのかもしれない。

交友を楽しみ過ぎて、雑誌編集に必要な作品が揃わないと矢山がこぼしていたこともあったようだ。別に消極的抵抗というようなつもりはなかった――あの時期にはもう、或いはまだ批判とか抵抗という言葉はなかったのではないか――と思い返されるが、あの狂信と野蛮に侵されつつあった時代の空気に対する心情的反発と焦慮を鎮めるものであっただろう。

あのころの福岡は好ましい規模の中都市であった。住民が全部知り合いであるというようなことは勿論ないにしても、ある場所に行けば顔見知りの人に逢えるというていどの、私のように土地の者でないのに、学生の三年間に郷土感を覚えてしまったほどの規模だった。だから「こをろ」のグループの行動は目に立つものであったらしい。いずれにしても「こをろ」は私にとっては、矢山とその他の友達との交友であり、乏しい時代の僅かにありえた青春の三年間だったということになる。

その青春のままに、戦場に徴集されて死ぬであろうというのが、私の考えていたことであり、或いは矢山も誰もが考えていたことだと思うが、そういうことを語りあった記憶は殆どない。避けることのできない運命として受け取っていたらしいし、それまでの猶予された何年かで、それぞれの生涯を完成させなければならないという焦りがあったらしい。敗戦、無条件降伏というような半端な事態は予想もできず、それぞれ次々と軍隊へ徴集されていき、ころも終わった。

矢山は昭和十七年二月、私は十七年十月に陸軍へ入隊、私たちの生涯は終わり、交友も終わった。矢山は病気という負担を負って、いったんは軍隊から解放されたが、そのまま死んでしまった。敗戦前の私を想うとき、まるで自分の前世を回想するような気がする。前世の私はいつまでも変わらず、あの時代に生きているのだろう。

あのころの私は矢山と書物の話ばかりしていたような気がする。当時出版されていたもの「風立ちぬ」、「菜穂子」、「暁と夕の詩」、「山桜」、「愛と美について」、「新ハムレット」、翻訳でも「マルテの手記」「魔の山」「ルーマニヤ日記」、「デミアン」、その他数多のものを読み、かつ話し合っていたらしい。現世の今の私も時折にそれらを手にとる。同じ版本もあれば、全集版になったものもある。そうして、記憶のなかに生きる矢山の面差しを眺める。

もしと仮定してみるならば「もし矢山が死なないで東京に出ていたなら、文通では知り合っていたらしい? 中村真一郎氏や『山の樹』の同人たちとの交友が始まっていたなら、どんなふうになっていただろう」と、空想に駆られることがある。しかし矢山も立原道造のように「人が詩人として生涯ををはるためには(中略)早く死ななければ!」(三好達治)ならなかった。

「こをろ」と私（四）

一丸章

「こをろ」は、わたしの青春そのものである。しかも十四年たった今になお、わたしはその青春性によって生きている。それを証するには、まず矢山哲治との出会いから語らねばならない。

忘れもしないその日、昭和十三年八月十四日の午後、矢山は博多湾の西岸のあるサナトリウムに入院していたわたしを見舞ってくれた。当時矢山は旧制福高生だったが恒屋喜壮のペンネームで「九州文学」（第二次）、「蠟人形」「日本詩壇」などで盛んに書いており、「くんしやう」という、薄いが清楚な詩集をだしたばかりだった。それまで何回か文通はしていたが、その憧れの詩人がわざわざ訪ねてくれたのである。そして〈秩序あるこの建築のなかでは／ぼくらの健康こそあやしいものだ／この錯覚がたのしく酔はせ／歎異鈔のリズムを説きたてたが〉……と、後日「雅歌」という小品で歌ってくれたように、二時間ほどほとんど一人でしゃべって帰って行った。

それ以来、彼の人なつこい人柄と磊落《らいらく》な態度にすっかり魅せられてしまった。それからの指導と信従の日々……。まさに青春の出会いがそこにあった。翌年、九大農学部に進んでいた彼を中軸の一人として創刊された「こをろ」にも、病床からよろこんで参加したわけだった。

もっとも「こをろ」に加入したからといって、わたしは寝たっきりで何も書けない状態だった。東京遊学も断念しなければならなかった。失意と焦燥の毎日が続いていた。そんなわたしに、矢山は、自分も病気休学のつらい経験があると、しばしば手紙で、「療養即芸術」を説いた。そして「あなたは病気があることを卑屈なもの、恥かしいものと無意識のうちでおもってゐるのぢゃないか……」と言い、「あなたはあまりに小さな野心に大きな精神を踏みにぢられてゐないかしら」とさとしてくれた。

この「大きな精神」が、すなわち『歎異鈔』のリズムと共鳴音を奏でるヒューマニズムで「こをろ」の精神でもあったのだ。

このような矢山を囲繞する四十余名の同人は、檀一雄の『花筐』、太宰治の初期短編、保田与重郎の『日本の橋』、亀井勝一郎の『人間教育』、伊東静雄の詩編など「いわゆる日本浪曼派」と称せられる人たちの諸作品を共通の心の糧としながらも、彼らのイロニイなるものを乗り越え〈昭和の子ら〉としての「政治的新体制ならぬ」精神の世界への「新体制」へ、〈欣然として参与する〉(一周年の言葉から)青春の創造性と当為性があった。そして〈私達は西南の美しい風土に生育致します。私達は昭和の精神であります〉と提言したがこれは時局便乗的な言辞ではなく、美なるものさえ祖国の名において踏みにじろうとするものへのはげしい告発であり、軍部独裁の権力集中に抗ずる郷土志向の共同体意識の無言の表白であったと考えるべきである。

この果敢な態度を、当時すでに兆しはじめていた神がかり的な視野の狭いナショナリズムと思って貰いたくない。それは人間不在と文化荒廃の戦時下であればあるほど〈次代を背負ふ意志を「闘ひとらう」とする〉世界に向って見開かれた愛の共同体意識、プラトンのイデアによって裏付けされたイデオロギーならぬ心情の理念であった。それで第六号からは同人を「友達」と改称〈私達は日本の文化を育成したい〉というマニフェストを掲げたのもまた当然と言わねばならぬ。わたしは病勢がやや重くなり、この時は一応「こをろ」から身を引いていたが矢山のこの号の雑記「私信」を、わたしに宛てられたものとして幾度も貪り読んだ。〈こをろによって、より多くの私達の世代、青春を、私達が急ぎ、闘ひつゝある場に招待しようといふ、聞いたところでは無謀な野心、試み、これが私達のこをろの唯一の存在理由だと信じてをります。……私達は自分達を、こをろ同人と、また同人雑誌こをろと呼ぶことを拒絶いたしました。私達はこをろであり、友達であります。〝私達は日本の文化を育成したい〟。私達が吐露することのできる、もっとも素直な言葉であります。〉そして矢山は詩集「友達」で次のように歌い、敢然と一兵士となり、多くの友達もまた戦陣へと参加して行った。

　ぼくたちの背後に
　美しい娘たちが待ってゐる
　誰か知らないが待ってゐるのだ
　そうしてぼく達は
　前方にまっしぐら死へ歩いてゆく

戦後三十余年の現在、わたしたちの前方には、この「死」はない。ただ昭和十八年一月二十九日、不幸夭折した矢山への愛惜の念いばかりがある。しかし、矢山をはじめ「こをろ」の友達の「詩と友情」で培われた人間と歴史を凝視する目は、いまも世界各地にいや国内のそこかしこに「死」が不気味に深淵を覗《のぞ》かせていることを知っている。更にまたこの国の息苦しいほどの時代閉塞の状況を肌で感じとり、文化ならぬマス・カルチャーの騒乱に、わたしは敢えて、再び「私達は日本の文化を育成したい」と言いたいのである。それは人間のエゴイズム、悪しき民族性を超克する、矢山のいう「大きな精神」、ヒューマニズムという人間をして人間たらしめる宇宙的遍在感覚によってのみ達成されるはずである。いまも矢山はわたしに呼びかけているようだ。〈お前よ、美しくあれと声がする！〉

「こをろ」と私（五）

阿川弘之

私が旧制広島高等学校の生徒で、文芸部の雑誌に小説のようなものを二、三書いたりしていたころ、福岡高等学校在学中の友人吉岡達一から、「こんどわれわれ仲間が博多で新しい同人雑誌を出すんだが」と、「こをろ」参加の誘いをうけた。吉岡は、それより約十年前、広島の小学校初年の時、私と仲のよかった同級生で、住む土地が別になってのちも多少のつながりがつづいていたのであった。

昭和十四年の春休み、ほかの同人たちに初見参のため初めて福岡を訪れた。吉岡の家に一と晩泊めてもらい、翌日同人みんなで油山へ遠足とのことで、大阪育ちの吉岡のお母さんが、

「あしたは狐がよォけい出まっせ」

と言った。

油山というところは狐が出るのかと、本気で思っていたら、それは「こをろ」の支援団体のような外郭団体のような、若いお嬢さんたちのことであった。広島でそういう女友だちのグループなど持たなかった私は、たいへん華かな明るい雰囲気を感じた。

その後、小まめに博多がよいをしたのは、文学的情熱もさることながら、この外郭団体と遊ぶのが楽しかったからである。

同人ほとんどが九州人の中で、私一人が広島の外様だったが、わけへだてなく仲よくしてもらった。矢山哲治、眞鍋呉夫――、島尾敏雄とも多分、油山のピクニックで識り合った。

詩人の矢山は、人を惹きつける不思議な魅力を備えた親分格、リーダー格で、「外郭団体」のお嬢さんたちも彼を中心に集まって来ていたように思う。眞鍋は行きとどいた世話役、矢山親分の女房役、吉

岡、矢山、眞鍋の三人には、行く度厄介になった。

矢山の家に泊まって次の朝、正座して朝飯を食う私を見て、矢山が、

「谷崎潤一郎はボロボロ、ボロボロこぼして、行儀悪うして飯ば食うげなたい」

と言った。自分がひどくつまらない人間のような気がしたのを覚えている。

創刊号に「大和路」という私小説風紀行文風の短篇を発表した。そのほか、廃刊までに三つか四つ「こをろ」に小説を書いた。今読み返してみると、如何にも稚くて、我ながらいささか閉口する。一度、「初恋」と題する一大恋愛小説を書き上げて発行所（眞鍋呉夫宅）へ送ったことがあった。読んで眞鍋は讃めてくれたが、検閲にひっかかり発表出来なかった。原稿もどうなったか分らない。今となっては消えてしまって却ってよかったような気がしている。

私の幼稚な小説に較べると、眞鍋呉夫の俳句はよかった。

毛糸編む人のゆたかさ雪となる
わが性《さが》はさびし運河に放尿す

等々、彼の句を、現在でも幾つか空で思い出すことが出来る。

矢山哲治の詩のあるものにも感心した。生きていればもう六十すぎで、詩の分野で相当な仕事をしていただろう。早逝は惜しかった。

私は「こをろ」の仲間からよき刺激と励ましを受けたが、外様のせいか気分的に馴染み切れぬところも無いではなかった。

その一つは、同人たちの多くが日本語の文法仮名づかいに無神経なことであった。雑誌の題名も、最初は「こおろ」となっていた。これは古事記より引用の言葉だから歴史的仮名づかいで言えば「こをろ」でなくてはおかしい。私が極力主張して、五号

あたりから「こをろ」と改めた。

今一つは、当時流行の日本浪曼派的発想（？）によるものか、同人のことを「同人」と言わずに「友だち」と呼び合おうという決めが出来たことである。

そういう一と調子高い新しがりが、私はきらいであった。同人は同人でいい、「友だち」なんて変だと、ずいぶん不平を言ってみたけれども、これについては私の主張が通らなかった。「こをろ」は単なる文学青年の集まり、文壇登竜のための雑誌と少しちがっていた。医者の卵、法律家の卵もおり、矢山が同人という呼び方を避けようとしていたのは、そのせいがあったかも知れない。

東大国文科へ入学後も、同人の一人として、私は一応の活躍というか、つとめは果たしていたが、軍隊へ入って縁が遠くなり、雑誌そのものもやがて廃刊に追いこまれた。

吉岡達一は福高の理科から東大の農学部林学科へ入り、途中文学部に転科してフランス文学を専攻したが、戦後、創作とは別の道へ進んだ。島尾敏雄とはすれちがいが多く、「こをろ」時代それほどしたしく交わった記憶が無いが、戦後の仕事については周知の通りである。

「こをろ」と私（六）

星加輝光

「こをろ」という同人誌に加入するようにすすめられたのは、福高の詩人矢山哲治が長崎にやってきて、島尾敏雄、川上一雄と一緒に会った時だった。正確な日は忘れていたところ、贈られた島尾の『幼年期』（昭四八・弓立社）収載の「昭和十四年日記」七月六日のところに、こう記してあった。

「矢山哲治と千加良であふ、川上・星加・囲来る、（略）うどん屋でうどんを食ふ頃より、矢山、川上議論をはじめ、激し、小生わくわくし矢山の人間的叫びが好きになり、小生の下宿に連れて来た」

「千加良」というのは、長崎の人には懐かしい中座という劇場の斜め前の喫茶店で、そこの卓をはさんで、ずんぐりした浅黒い男が、白い歯をきらめかせて、今こそジイドらの「Ｎ・Ｒ・Ｆ」みたいな雑誌を出し、詩や小説や、その他の文化諸分野の力作を集めねばならないとしゃべり続け、私は圧倒された。しかし、島尾も書いているように、その強烈な魅力にひきずられてしまったのは事実だった。

当時の長崎は、駅近くの私の下宿に毎夜出征してゆく兵を送る歌声が聞こえ、映画館ではニュースに中国大陸での機銃音がひびいていた。一方では前年に火野葦平の『麦と兵隊』が出て、兵隊の苦労がつぶさに物語られていた。なにかわからないうちに死に直面する恐れと、庶民たちの苦闘に参加しようという気持ちがはげしく交錯した。商科の学生だったが、私は心の飢えをみたそうと、やたらに小説をあさり、映画を見、俳句をつくり、酒をのんだ。校友会誌「扶揺」映画研究会誌「映画軌線」俳誌「漣」なども編集した。

アット・ランダムに、その頃の印象に残った本や映画を挙げてみよう。
デヴィヴィエの「われらの仲間」山中貞雄の「人情紙風船」太宰治の「ダス・ゲマイネ」小林秀雄の『ドストエフスキイの生活』古谷綱武の『批評文学』夢野久作の『ドグラ・マグラ』大熊信行の『文学と経済学』田坂具隆の「路傍の石」溝口健二の「愛怨峡」亀井文夫の「上海」今村太平の『映画芸術の性格』小野十三郎『大阪』東京三「現代俳句の出発」山岸外史『人間キリスト記』島木健作『生活の探求』阿部知二『冬の宿』石坂洋次郎『若い人』……などなど。

そして、俳句仲間には現在「杉」主宰の森澄雄がいて、一緒に下村ひろし氏（「棕梠」主宰）の馬酔木俳句会に出たりした。当時俳句を募集していた「新潮」に日野草城の選で次の連作が推されたことがある。

征く兵とまむかい我は厚きオーバ
征く兵は坐しその母は廊にかがみ
傷兵ら入り来ぬ小さき暗き駅
我も立ち傷兵つぎつぎに席を得ぬ
征く兵と白衣兵並み眠り呆け

長崎から北九州へ帰省する列車内の所見である。当時の雰囲気の一端が伝わればと思ってあえて掲げたが、私自身の心境としても、最終句にある。現在の暗澹とした状況をこえる視点を求めたかった気持ちがあったのである。

その後福岡にたびたび行き眞鍋呉夫の家が経営している「木靴」でしゃべったり、矢山の家に泊まったり、海辺での彼をめぐる少女たちの集いになにか違和の感じを持って見ていたりした。矢山が、立原道造に傾倒し、またその書架にいわゆる日本浪曼派の人たちの書物がぎっしり並べられているのを見るときも、あるそぐわなさを感じた。長崎の連中は日本浪曼派的なところがなかったのは島尾も「私の文学遍歴」という文で述べている。

私は創刊号に「現代映画批評の欠陥について」と

いう大そうな題の評論を書き、十五年に東京に就職、日劇前のビアホールでの在京同人会で、上京した矢山が語ったのを、藤三男（元日本経済新聞文化部）と、「なにか矢山はロマンティックすぎるのではないか」と感想を交わした記憶がある。

その後は私自身にめまぐるしい環境の変転があった。久留米騎兵部隊への入営を皮切りに南支各地から東京陸軍経理学校、再び久留米歩兵隊、そして再度東京の建築材料の補給官衙に移ったが、その時どきの「こをろ」の仲間との出逢いは、私に温かい「友情圏」の存在を想わせてくれた。

中国への輸送船の中での中村健次との、歩兵隊経理室での福田三千也との、経理学校に面会に来てくれた島尾敏雄との、その時どきの情景が浮かんでくる。私自身も十七年五月に久留米輜重《しちよう》隊に矢山を訪れた。潑剌としていた彼がやつれ、涙もろくなっていたのに心が痛んだ。

その矢山が死んだことを東京で知った。「蠟人形」詩壇（西条八十選）でつねに矢山と入選を争っており、はじめ反発していた小島直記も後に「こをろ」に加わっていた。小島と暗い日本橋付近を、やはり吉岡達一や藤三男たちの在京同人会に行く途中、矢山の死を知らされたのを思い出す。すすめられた追悼文を草する約も果たせなかった。私の身辺もまた、空襲の激化とともに調達した資材の緊急疎開や防衛態勢の充実で急速に忙しくなり、ついに三月十日の大空襲に見舞われたのであった。

つぎつぎに同人が出征してゆく中で、「こをろ」をともかく十四冊も刊行した、眞鍋や島尾のねばり強さには、今もって驚き尊敬している。この誌の評価については、たとえばやはり同人小山俊一の「戦争とある文学グループの歴史」（「思想の科学」昭三十四年十二月）などによりなされている。しかし今、私にはその評価を行う余裕はない。「こをろ」の作品には二十歳前後の真っ正面から戦争にぶっつからざるをえなかった当時の世代の思索やもだえ、凝視や愛が、稚拙ではあるがこめられており、その大部分はまさに遺書として書かれたのであると思う。

「こをろ」創刊号、2号、3号、13号（矢山哲治追悼号）、終刊号（14号）

「こをろ」と私（九）

千々和久彌

　昭和十四年、旧制福高の二年生で落第した私は、文甲の同級生より隣の文乙の連中とよくつき合った。文乙には福田正次郎（筆名・那珂太郎）戦後、詩誌ユリイカを始めた伊達得夫（三十六年没）猪城博之（九大教授）などがいた。私が福田に誘われて「こをろ」に入ったのは翌十五年、三年生の二学期だった（猪城も同じころ。文丙の小島直記は少し後）。こをろは当時九大農学部にいた先輩の矢山哲治が、福高出身の九大生と、長崎高商出身の九大生―島尾敏雄、川上一雄、富士本啓示ら、それに眞鍋呉夫、加野錦平らと十四年に創刊したもので、十五年秋には四号が出ていた。

　福高出身の仲間では数人が落第している。矢山は肺浸潤で、小山俊一、小島、猪城は欠席が多すぎて一年、そして私が二年。最近聞いたドイツの学生歌に「苔むす頭」というのがある。「落第を重ねて年をとり、下級生から畏敬される人物」をからかった歌だが、落第生はどこか一癖あった。しかしみな、どこか子供っぽかった。一方、高商出身者は島尾をはじめ、どこか大人っぽかった。

　創刊号の巻頭には立原道造の矢山あての手紙が載った。福田は夏休みに東京で太宰治に会ってきたと言い、太宰治からの葉書を見せた。太宰の「二十世紀旗手」保田与重郎「日本の橋」など、当時はコギトあるいは日本浪曼派の詩人・作家のものがはやった。檀一雄氏には福高の先輩という親しみがあった「こをろ」は一面では福高の文芸部の延長みたいな気分もあった。同人雑誌でありながら「同人」といわず「友達」と言った。

　みんなは博多片土居町の「木靴」から「門」と改

称した喫茶店によく集まったが、近くのリズムやブラジレイロにもよく行った。新加入の私が四号の合評会に出たのもブラジレイロの二階だった。席上、矢山と川上の間で雑誌の行き方をめぐって激しいやりとりがあった。私はあっけにとられたが、後に島尾から聞いた話では、矢山の〝高校生的な独断〟に川上が反発した、ということらしい。

翌十六年の春、私はまたも落第して二度目の三年生となり、いよいよ「苔むす頭」となった。うっとうしい気分のある日、玉屋のエレベーターで偶然島尾と会った。琉球泡盛の立ち飲みをしたあと、歩きながら議論しているうち酔狂の状態となり、ついに電器店の飾り窓をけ破ってしまった。警察に二晩留め置かれたあと、始末書を書いただけですんだ。この事件は島尾がのちに「挿話」という短編に書いたが、最近彼に聞いた話では、仲間の冨士本と玉井千博（火野葦平氏の弟・戦死？）が近くに居合わせて、二人がガラス代を弁償してくれたからあれですんだのだという。今となっては礼の言いようもない。

このあと、島尾は六本松の陸軍墓地の上の山中にある私の下宿が気に入って同居することになり半年余りいた。夏休みにはお互い奉天に親類があるので満州に行った。別々に出発して奉天で会い、熱河の承徳から古北口まで行き長城を見た。また十月には筑肥線で唐津まで行き、それから平戸へ徒歩旅行もした（島尾はのち「こをろ」に「熱河紀行」「浜辺路」を書く）。しかし六本松から九大は遠すぎた。十二月の日米開戦のあと、やがて島尾は箱崎へ移る（このあと十八年秋、海軍に入るまでの島尾の様子は、同じ東洋史学科で一年下の庄野潤三の長編「前途」に詳しい）。

翌十七年春、私がやっと福高を出て東大の東洋史学科に入ったとき、東京の仲間には国文の福田や阿川弘之、農科から仏文にかわった吉岡達一、医学部の佐藤昌康、九大を出て就職した小山、それに小見山篤子、里子姉妹などがいた（陸軍経理学校？に入っていた星加輝光が外出のとき、会ったことが一度ある）。私は本郷で小山と同居したが、仲間がよく遊びに来て、読書会のようなこともした。ある時は麴町三番町の吉岡の家の前のコートで阿川、吉岡、佐藤、それに松原一枝も入ってテニスをしたことがある。

そのころ矢山、眞鍋、大野克郎などの入営がつづき、阿川もこの年に海軍予備学生になり、福岡には島尾や、病気の一丸章くらいしかいなかった。東京組が十人たらず、原稿も集まりにくく、書かざる同人であった私も、福高の秋山六郎兵衛先生に習った「リルケ論」を訳してのせたりした。その夏だったか、吉岡と石神井の檀一雄氏を訪ねて同人雑誌の今後の見込みなどで話を聞いた。用紙はなんとかなりそうだったが、以前の季刊が年二回くらいになっていたし同人費も問題だった。

十八年一月末、福岡の島尾から、病気除隊で療養中の矢山が西鉄大牟田線の薬院付近ではねられて死んだと知らせがあった。六月のこをろ十三号は矢山追悼号になった。この年の夏、小山は軍属としてボルネオに渡る。この年末の学徒動員より前の十月、島尾、福田や私は海軍予備学生としてわかれわかれに入隊した。最後のこをろ十四号はあとに残った吉岡と小見山姉妹の手に託された。

「こをろ」と私（十）

小島直記

昭和五十三年十一月四日の日本経済新聞「私の履歴書」では、ＰＬ教団教主御木徳近氏が「ひとのみち事件」のことを回想して、

「当時、軍部と官僚が専制政治を行っていたわけですから、国論を統一するため、まず共産党に対して大弾圧を加え、つづいて新興宗教に対して大弾圧を加えたのでしょう」

という弁護士（島田武夫）のことばを引用していられる。「こをろと私」のおもい出は、この事件とオーバーラップするのである。

旧制福岡高校文科丙類（フランス語）の生徒だった私は、「地園《ちえん》」という一〇〇枚ばかりの小説を書いた。主人公は、身心とも病む十六歳の少年で、ひとのみち教団に入ることにより、その病いを克服しようとつとめているところに、教団が弾圧される。神の権威と地上の権威の板ばさみで、少年は深い懐疑におちこむ、という筋。

すると、文芸部委員の鈴木珊吉さん（小説家三重吉長男）がこれを評価して、文芸部の機関雑誌にのせて下さった。

ところがそのために当局からニラまれ、配属将校にマークされてしまったのである。当時弁論部は校外演説会を行なっていた。いまはなくなったらしいが、西中洲の公会堂が主な会場だった。私もそこでしゃべることになっていたが、配属将校はとくに私一人をよびつけて、演説原稿の事前提出を命じ、きびしい検閲をうけた。そのあとも、陰に陽に私は圧迫され、警告をうけたりしたため、おそろしくなってしまった。何よりも、一人息子の成長にいのちをかけている母親に心配をかけたくなかった。そこで、

小説もやめ、演説もやめ、もっぱらバスケット・ボールに熱中していたのである。

理科の上級生だった矢山哲治さんが、文芸部の雑誌の編集後記で私によびかけたのはその頃である。彼は、私の沈黙を残念がり、「起って時代のラッパを吹きたまえ」と鼓舞していた。

ところが私には、才能の評価とも、友情ある鼓舞ともおもえなかった。彼はマークされている私のおそれを知らない。時代のラッパを吹けなど、もし逮捕されたりしたらどうするか。無責任なことをいうな、とむしろ腹が立ったのである。

そのあと、「君が小島君だろう」といって、矢山さんのほうから話しかけてきた。私たちは、岩田屋の食堂で食事をし、ブラジレイロでコーヒーをのんだりした。その間、もっぱらしゃべったのは矢山さんだが、私はその話にも、それから彼が自信満々で読ませた詩作品にも感服しなかった（リルケや立原道造の亜流じゃないか）（これが時代のラッパを吹くことか。ヘッ、笑わせるな）。しだいに腹が立ってきて、彼に議論——というよりケンカを吹っかけた。その内容は「こをろ」に書いた唯一の文章（矢山哲治の「思い出」）にあるのでここではくり返さない。

矢山さんは剣道部にいた。いま福岡県会議員をしている村谷正隆さんが私の親友で、剣道の達人。そこで彼に矢山さんの腕前をきくと、「弱い」という。それだけでなく、対抗試合で負け、先生や先輩たちからお説教をくらっていると、矢山さんはいっしょに叱られるべき立場なのに、先生や先輩たちの方に立って仲間の部員を、「ダラシがないぞ」と叱りつける、ということだった。私はさらにきらいになった。

そういうきさつのあとに「こをろ」創刊の企てがあり、私にも声がかかった。しかし私はことわった。理由は結局のところ、矢山さんが好きになれなかったからということになる。

それから大分たって、いま西日本新聞社にいる千々和久彌さんが私の下宿に酒をのみにきた。彼は文科甲類（英語）でクラスはちがうが、私とは仲がよかった。彼は、作品を書かない文学青年で――いつも行司役《ぎょうじ》ばかりしやがって、このナマケものが、と私は腹を立てることもあったが――福高文芸部の委員であり、矢山さんとも親しく、その関係で「こをろ」の同人ともなっていた。

その夜、ジンのボトル一本を平らげた千々和さんは、酔眼をすえて、「小島、お前はこをろに入れ！」と命令した。その命令調はシャクにさわったが、それとは別になにか心に激するものがあり、私は衝動的にそのことばに大きくうなずいた。

しかし、ついに一作も書かず、矢山さんが不慮の死をとげられたあと、まだ余憤ののこる回想文を東京中野の下宿で書いた。それだけが「こをろ」にのっている。

「こをろ」と私（十二）

松原一枝

私が、矢山さんと知り合ったのは、九州文学の同人会の席上だった。矢山さんは、たまたま、席を隣り合った私に頻りと話しかけ、また、お茶をついでくれたり、何かと気を配って、初対面というぎごちなさがなかった。

矢山さんはその時、福高（旧制）の理科三年生であった。この会が機縁となって、矢山さんは、私の家へ、よく立ち寄るようになった。よく、とは文字通りよくで、三日とあげずだった。私がいなくても、母を相手にしてお喋りをして帰った。私の家が、福高への往復の道筋にあたっていたことも、便利だったのだと思う。自分が読んで感心した文学書を、私にも読むようにと、次々に持ってきて置いていく。

文学書の他にも、矢山さんは、生きた人間、つまり彼が敬愛する友人たちを、殆ど、一人残らず、一度は連れて現れた。彼らが後に全員、「こをろ」同人として加入するのであった。矢山さんが生涯所有していた宝は、友情だったと思う。矢山さんは、この友情に甘えた。ということは、矢山さんも友情を信じていたので、疚しくなく、堂々と甘えていた。

矢山さんが、もっとも頼りにしていた鳥井平一さんが、昭和十四年春、東大に入学したため、東京へ去った。可愛がっていた吉岡達一さん、佐藤昌康さんも東京へ。「お前は俺の親友か、この豚のケツ！」といって罵り合う仲の安河内剛さんも東北大へいった。

矢山さんは、家庭の事情から東大進学は諦めていた。福岡には、九大の大勢の仲の良い友人が残っていたが、もはや、福岡は魅力がないと思うほど、一時、気落ちしていた。地方にいる文学青年は、東京にしか文学は育たないというような錯覚があり、矢山さんも、この例外ではなかった。このことが、上京した友人たちを羨む気持ちに拍車をかけた。

　矢山さんを淋しがらせた、もう一つに、私の家が、昭和十四年夏に、東京に移ることに決まったことであった。矢山さんは、わが家の如く出入りした家を失うことになるのであった。矢山さんは、夏休みで帰省する直前の、鳥井平一さん宛に、次のような手紙を出している。＝昭和十四年六月二十一日消印＝

「四六時中、妄想に悩まされている。無気力、いかん。いかん。僕には学校があり、仕事があり、野望と企画力、内なるビジョンと構成力を持ち得ると信じたい。しかし、それへ結び付ける何物かが欠けている。（中略）」

　この中の「結び付ける何物」かは、情熱と思うが、しかし、矢山さんはまた、同じその手紙の中で、「福岡に来たら、すばらしいプランがあります。」とも書いている。

　この中の「プラン」が、「こをろ」である。「こをろ」は矢山さんの胸の中で、何時頃からか燻りつづけていたけれども、これを実行に移す直接的な推力となったのは、東京に去る友人と福岡に残る友人たちとを繋ぐ橋をかけたいという、思いだったと思う。

　しかし、そう思いながらも、矢山さんの場合は、迷うのである。今ひとつ、決断する何かが足りない。鳥井平一さんへの手紙にあるように。矢山さんは、誰かに背中を、どかんと叩いて貰いたい。具体的には、その情熱の源泉となるものは、恋愛のようなものだったと思う。

　思っていることを隠してはおられない。それが欣ばしいものならなお更である。こんな矢山さんが、「こをろ」の卵を抱きながら、孵化するまで、私にも秘密にしたのは、あっと驚かせたいという気持ちだったと思う。私が東京へ去るひと月前の、七月のはじめの暑い日だった。矢山さんは真白な手拭を腰にぶらさげて、あらたまって現れた。

　矢山さんは、私に「こをろ」の話を具体的にして、同人は、これこれと、私の知っている友人たちの名を挙げてから、「貴女も同人に加ることになっています。」といったのである。私は鸚鵡返しに「いやよ。」といって撥ねつけた。矢山さんは、思い掛けない所で石を投げられたような苦い顔になり、私を睨んだまま、沈黙した。咄嗟に言葉が出なかったのであろう。しかし、私も負けてはいなかった。「あなたの思い通りにはなりませんよ。」という思いをこめて睨み返していた。私も若かった。もう少し、何とかいいようもあった。

　矢山さんは友人自慢であった如く、私もたぶん矢山さんの自慢の女友だちであった。その私が同人加入を拒絶することは、矢山さんの面目を失することであった。その頃、私は好きな人がいた。「こをろ」に加入しないことで、義理だてをしたというところである。

　その人は、私が「こをろ」に加入しようとしまいと、関わりのない人だったが、私の気がすまなかったのである。同人加入と自分の恋を混同させたのである。青春の感情は微妙でおかしなものだ。

戦争とある文学グループの歴史

小山俊一

昭和十八年十月二十一日神宮外苑の「出陣学徒壮行会」の写真というのは、だれでも見たことがあるだろう。最近私は幾人かの戦後世代の人たちにたずねてみた――あの顔がわかるか、あれらの陰鬱な無表情の内側にあるものが想像できるか。

私の予断はこうだった。あれらの顔が、その日以後、何に直面しどんなふうに歪んだかは、どうにか想像できるだろう。戦争体験談はくさるほどあることだし、ともいえるし、『きけわだつみのこえ』一冊と若い想像力とがあれば十分だ、ともいえるだろう。しかし、あれらの顔が、その日以前の数年間、何を望み何に魅入られどんなふうに黙りこんでいたのかは、おそらく想像しにくかろう、と。この予断の前半は大体当っていたが、後半は少々当りすぎていた。つまり「出陣」以前の学生生活の内面のわかりにくさがひどすぎるのだ。それは〈頭のいい若い者はみな赤くなる〉昭和初年の学生よりも、さらに極端にいえば〈末は博士か大臣か〉の明治の書生よりもわかりにくい、それはそれほどにもアイマイでわかりにくい相手なのだ、ということが話しているうちに思い知らされる。だから、いまは利いたふうな口をきいてるが戦争中はどうだった、もろにイカレた「みたみわれ」だったのでしょうが、などと微笑などされながら聞かれたりすると、正確な返事が実にむつかしい。問題はそのイカレ方だからだ。一方にあきらかな反戦・抵抗・批判の意識を、他方に好戦のファナチズムを、対極として立て、更にこの二つの極に向き合せて、デカダンスと絶望の極を立ててみて、さてこの三つの極をむすぶ三角のなかのどのあたりに彼らの顔をおいてみればいいか。『暗い絵』と『きけわだつみのこえ』にはさまれたあの時期の彼ら（私たち）の感情を、うまく説明できたためしがない。

昭和十年代の高校・大学生活、昭和十四、五年に二十歳になる（統計はこの二年齢が最大の戦死者を出したことを示している）前後の青年たちの思想と感情のうつりゆき、マルクス主義は姿を消しリベラルの戦いも終り、しかし日常性の全面を戦争がおおいつくす十二月八日はまだこない、その数年間の知的青春の質、日付でくぎると一九三六・二・二六から一九四一・一二・八までの学生生活の表情について、戦後世代からの想像はほとんどすべて、ひどい行きすぎか行きたらずかだ。

私がここで区切った時期の知的青年の思想史のわかりにくさは、かなり特殊なものではないか。どんな歴史時期もそれぞれ特殊的だが、この時期の青年は、敗戦までの昭和の二十年間をたとえば五年きざみにしてみると、その前後の時期の青年よりも今からみて一段とわかりにくい、という特殊さがあるように思う。

ここに提出するのは、その時期の青年の、自己意識の度はかなり高いが例外的な面はほとんどもたぬ一集団の、思想と感情の歴史の要約である。

昭和十四年八月、福岡市で、「こをろ」という文学グループが結成され、機関誌『こをろ』が十月に創刊された。結成当時のメンバー三十五名。うち大学生十五名、高専学生八名、その他十二名。平均年齢約二十歳。学生のほとんどは大学入学早々かその直前のもので、大部分が福岡高校系、一部が長崎高商系である。このグループはほぼ五年間存続した。機関誌は十九年四月第十四号をもって廃刊。終刊号の「あとがき」によると、メンバーは病人一、帰還者一、女性二、計四名をのこすのみとなり、「本号をもって第一次こをろ不定期休刊とすることを、既に遠くにあって戦っている各同人にお伝えする」とある。『こをろ』は十四年に一号、十五年に四号、十六年に四号。十七年に三号、十八・十九年に各一号、通巻十四号を刊行、平均九十頁、部数は四百ないし五百、うち約三分の二を書店売りまたは個人売りし、その大部分を売っている。当時の地方同人誌としてはかなりの数字といえよう。

機関誌の他に『こをろ通信』というガリ版刷りの通信が、十四年に三号、十五年に九号、十六年に十号、十七年に五号、計二十七号発行され、同人に配布されている。いずれもワラ半紙二、三枚から五、六枚に、同人の手紙や雑誌、作品の相互批判、同人会の記録、消息、編集日誌、事務や会計の報告、などが丹念にかきこまれている。かなりの熱意と労力による仕事である。

『こをろ』は十八年末に消滅したが、そのメンバーのうち、戦後に文学活動を再開して現在にいたっているものに、眞鍋呉夫、島尾敏雄、阿川弘之、小島直記などがある。

二十年前の自分（たち）の形骸が、これほどの火照りを返してくるとは思わなかった。雑誌と通信の全部をかつての仲間から借りてきて、まる三日かかって読みかえしていると、その頃の息苦しさにからみつかれて、時々水をかぶったり出歩いたりしないと正気に返らぬ始末だった。こいつを徹底的につきはなし、対象化して、その基本性格を状況とのかかわりの中できざみ上げて、できるだけ正確に歴史のなかに位置づけること。それはうまくゆけば現在の自分のヴェクトルを、より正確に計ることに役立つだろう。からみつかれ具合の強さは、すなわち対象化の効果を助ける好条件にほかならぬ、ときめておこう。

「こをろ」というグループは結成当初から、精神的な集団という意識と、文学への指向という、二つの異なった面を自覚的にもっていて、ウェイトははっきりと前者におかれていた。これは始終変っていない。第一の面は『通信』にたとえばこんなふうに表現される。「私たちだけの精神的、文化的な気圏をつくろう」「向上的な生活を生かす自由な自治的な団体と機関誌をもちたい」「真にデモクラチックな自由と自治の集団」雑誌を出すため発表のための集合であってはならぬ、文学青年の集まりでは無意味だ、ということがくりかえし強調されている。メンバーの上でも、結成当時から理科系の学生約十名が有力な要素としてふくまれていて、そのほとんどが文学青年としてでなく参加しており、その意義が積極的に認められていた。第二の面は『通信』第一号によると「方針。僕らの成長とともに綜合文化雑誌として完成されてゆくが、まず純文学を中心とした汎芸術評論・エッセイ（科学・思想的なものをふくむ）を編集する」そして「ヴァレリイ、ジィドの『N・R・F』」という言葉がしばしば口にされている。編集の実際も大体「方針」通りで、小説がほぼ半ばをしめ、他は詩とかなりのヴァラエティをもつエッセイから成る。

「真にデモクラチックな自由と自治の集団」が昭和十四年夏以後にどんなふうに可能だっただろう。こういう表現に彼らのどんなヴィジョンが呼応していたか。この種の表現には旧制高校の気分的リベラリズムの残照がみてとれる。私は十四年に福岡高校を卒業したが、卒業式のとき、校長の演説の中に「国士」という言葉があり、卒業生代表の答辞の中に「無用の用」という言葉があり、どちらも強い意味合いで使われたのを聞いて、その対比にある衝撃を感じた。また、高校最後の年の校友会雑誌はのちの「こをろ」メンバーがほとんどを占めたが、私が「漂泊」という象徴的な題のエッセイをかき、これに対して一年下の生徒が、ドイツとイタリーを見よ古い星は消えたのだという批判をかき、反響は賛否二分したのを知ったときにも、似たような衝撃をうけていた。「無用の用」も「漂泊」もつまるところ社会的な無目的の自覚をあらわしているだろう。この二つの挿話で、当時の高校にかろうじて生きていた気分的リベラリズムの輪郭を私はえがく。「こをろ」がつくられた頃、広島高校から参加した阿川弘之からの葉書に「もうこちらにはレフトの動きは全くないが、そちらはどうか」という言葉があった。「レフト」はもうさっぱりとなかった。「こをろ」には『資本主義発達史講座』を読んでいたものは皆無だったろう。『こをろ』十四冊を通じて社会科学用語はゼロにちかい。そういうときに「真にデモクラチックな自由と自治の集団」のなかみとして彼らは何を思いえがくことができたか。そこには一種の渇くような欲求が示されているが、それをみたす現実の条件は彼らの外部にも内部にもありはしない。とすると、どういうことになるか。すじみちは大へん簡明だ。まず彼らは自分たちが集団としての目的をもたぬこと、もち得ないことを、いやでも意識させられねばならぬ。対象がないとき欲求は観念的に空転する外ない。次に、しかし空転は空転としてとどまるわけにはいかない。それは或いはニセの対象をつくりだしてそれを信じている「つもり」になり、その「つもり」意識は現実のカベにぶつからぬかぎり欲求の強さに応じてふくれてゆくだろう。或いは空転は徐々にまたは急激に失速して、そこに生ずる冷却はただ肌をよせ合うようなインニヒな友情の暖かみだけがかろうじて埋め合せることができる。

「こをろ」は集団としての綱領も文学上の主張も明確な形ではついにもつことができなかった。もちろん集団をつくる以上、目的がないわけはない。ところが、それにあたるものを機関誌と通信から引き出そうとしても、さきにひいたような「精神の気圏」「自由の集団」また「個性の発見の場」といった無規定の言葉が、あてどないアスピレーションを示す熱っぽい形容をともなってあらわれてくるばかりだ。しかもそのことについての疑惑は、雑誌をつくるという具体的な張り合いが一方にあるだけに、グループとしては意識されない。「こをろ」という名称は、

『古事記』上巻の国生みの神話に、イザナギ・イザナミの二神がアメの浮橋からアメのヌホコで「塩こをろこをろに攪きなして」とあるところから採ったものだが、そのひびきのよさと無からの創成という出典の背景が大いに気に入られた。創刊号の「創刊のことば」に「こをろ。この言葉を愛することから、この言葉を呼ぶことに例えなく雄大なそして典雅な誇りで胸を溢れさせることから、僕らの新しい日の雑誌は出発する」とある。はじめにコトバありき、だ。十五年九月いわゆる近衛新体制が声高にとなえられていたさなかに出た第四号の巻頭に「一周年の言葉」というのがある。「私たち昭和の子らは新体制へ欣然として参与いたします。文章の一途に結ばれた私たちはまた日本の運命に直面して敢為でなければなりません。私たちはここに次代を背負う意志をたたかいとろうとするものであります。……日本の一隅に私たちは若い世代を顕現するものでありま す。私たちは昭和の精神であります。」一方そのときの『通信』にはこれについて「新体制への政策的便乗の言ではない」とか「倫理的集団としての〈こをろ〉の看板のぬりかえではない」とか、好意からにしろ外部からの「いわれなき猜疑」があるのはけしからん等の発言がみえる。「新体制へ欣然として参与」という表明は、それまでに創刊号で一部削除、第三号が発禁、第四号で事前検閲による一部掲載禁止をくらっていた編集部としての、雑誌存続のための政策的配慮から出たもので、そのことはその号の「後記」に「阿川の小説がのせられないようになったことは残念であるが、それによって反省の機会を与えられたことを忘れてはならない。それはこの号の巻頭言となってあらわれた」とあることからも明らかだが、一方、便乗でもぬりかえでもないという『通信』の記事の方も本音であった。政治意識がまるで弱く体制批判の視点を持ち合せぬこのグループに、新体制が何か「日本の運命」とは何なのかわかっていた筈がない。同じように「昭和の精神」とは何なのか「私たち」とは何者なのかわかっていた筈はない。

　しかし、集団の目的の無規定がかえって内部の熟度を持続させているという奇妙な事情がそのまま永続きするわけはない。十五年末にはグループ全体が急激に衰弱してくる。強い解散論が出て大勢を動かす。解散論の理由は、結成のときの精神がうしなわれ、ただ雑誌を出すだけの集りになり集団と機関誌の関係が目的的でなくなった、というにある。数名の離脱があった後、中心部による再結集が成功するが、そのときのかけ声は要するに結成の動機にかえれということだ。解散論のモチーフはそのまま再結集のモチーフとなる。その直後の『通信』には再出発の意味についての混乱した討論がみられるが、結局次のような発言が代表的意見として認められ記録されているのは興味ふかい。「現在の自分に精神的な強さと集中の要求を感ずるが、何のために、の〈何〉がわらかなくて混迷していた。しかし今〈何〉がわからなくてもよく〈何〉が無くてもよく、ただそういう純粋な一個の決心をもつこと、〈自身にたいして決心する意志〉〈みずから絶対に責任を負わんとする明澄なる意志〉をもつこと……」――集団としての目的をもつことの不可能がはじめて鋭く意識されると同時に、すすんでそのことにいわば居直るところに集団の活力を求めようとする志向がみてとれる。そこにはほとんど呼び声がきかれ、呼ばれているものは反歴史のラジカリズムつまりは心情のファシズムの純粋形以外のものではない。

　再出発の号である十六年三月の第六号には次のような巻頭言がみられる。「私たちは日本の文化を育成したい。〈こをろ〉はこの趣旨に集った〈友達〉である。〈友達〉は世代を同じくし責任ある態度をとる。」そのときの『通信』は、それまでの「同人」という呼び方を忌避して「友達」という新しい合言葉を採用したことの「独自の意味」を力説しているが、それは要するに「同人」というみかけだけでも目的合理的なシンボルから「友達」という無目的反機能主義的なシンボルへの変化が意味するようなの「意味」以外のものではない。十六年十月第九号の「あとがき」から——「友達であることは理屈ぬきのものである。しかし友達の選択もまた許されたものである。そして、友情が一つの精神的な方向への協力によって緊密になり、そのような方向への前進が友情なくしては実現しがたいことは説明するまでもあるまい。」太平洋戦争が始まった直後に誌上に発表された同人アンケートの一つから——「僕らの精神の結合はある目的論の形をとり得なかった。」

私は前記解散論の一人で十六年初の再出発に加わらず、同年秋に再加入するまで一年ちかくグループを離れている。こんどこの時期の資料をしらべるとき、私は大体こんなふうに想像していた。再結集によっていわば「過激」化されその矛盾が拡大再生産された「こをろ」の無目的の精神主義は、その時期の政治・思想状況のひたおしの戦争への傾斜にぴったり呼応しながら、グループの気分も雑誌と通信の内容もすべてが十二月八日に向って調子を高めてゆく、といったふうのものだったろう、と。この想像はまちがっていた。『通信』の調子はむしろ沈んだインニヒなものになり、以前のことさらな快活さは失われてゆく。いつまでも学生雑誌ではダメだ、各自がそれぞれの分野で素人の域を脱しよう、原稿を厳選すること、という意向が強くなる。雑誌の内容に戦争の影はじかにはさしていない。もともとこのグループに流通した語イの種類では日本浪曼派系の用語（たとえば血統、出会、上部、信頼、決意、祝祭、端初、青春など）が優勢だったが、その頻度はむしろ減少する。全体の印象は一種の苦しげな終末感といいたいようなものであり、戦争前夜、十二月八日直前、といった形容はふさわしくない。心をうたれたのは、二十二、三歳の手になるいくつかの小説に、自分たちの青春がすでに過ぎ去った美しいものというふうにふりかえる目でかかれていることと、医学を専攻しているあるメンバーが続けてかいているエッセイの中で、自分の仕事の本質的なマテリアリズムと当時流行した「科学する」イデアリズムとを西田哲学の用語を使って結びつけようと試みたあげく、それを放棄し、そのことに苦しんでいるのがみられたことだ。

十二月八日の衝撃は深刻だ。現実の対応物をもたぬままに昂揚し空転し失速していた「自由」も「何のためにの〈何〉がなくてもよい——意志」も、のしかかってきた現実の〈何〉の前では青ざめてしまう。根深く食い入っていた虚偽意識が雷に打たれたように一時的に窒息する。開戦後最初の号（十七年三月刊、第十号）の「あとがき」が「今日私たちは六人の〈友達〉を醜《しこ》の御楯としておくる。その行を壮んにすべく催された集い（『通信』によれば同年一月八日）の席で〈友達〉のひとりが筆をとって寄書にしたためた。——死ぬも生きるも幸いなるかな！」といったふうであることは致し方もないが、その号に「文化と決意」という題で集められた同人のアンケート（全部で四篇）はたとえばこんなふうだった。A——「私は今現実への身の処し方に烈しい混乱を覚えている。」「私は今更ながら私の精神の秩序と社会的現実の秩序のギャップに驚く。私の精神の中に築きあげてきたものが、周りの社会的現実の緊迫の中に、如何にしてこれから身を処してゆくべきかと問う時、混乱してしまっているのである。或は根こそぎ持ってゆかれそうなのである。」「切迫せる現実は文化の無視を意味する。文化という上層的建築物を捨てて烈しいブルタリテートへの復帰を意味する。」「人間が何ものかにぶつかった時彼は祈らざるを得ない。人間自身の肉体の声とはぎしりするような不安にひしと直面しなければならない。この時初めて彼には懺悔の心と決意とが生れるであろう。」B——「これまではまだまだ無形であった生きていることの責任が、今は生活の最前線に巨大な姿として押し進んできたのだ。貧しいこれまでの感覚で私らは如何に多くのものをたたかいとってゆかねばならぬことか。」「だがまた空想もするのである。すべての民族がお互に愛し合い、貧富を越えた大きな豊かな幸福の生き方を生み出し得て生活している世界を。そしてそれらの人情世界を文章に描く日の自分のことを。」「前者は死ぬるより外に心の逃げ場はない。」しかし「その重い責任はまたこの上もない光栄である。」C――「日本の現在の聖戦を目にしてロマンチックな行動であると言った人がある。従来の観念からは非人道的なものとして退けられてきた戦争を、ロマンチシズムと結びつけることには幾多の批判があろう。百年戦役、三十年戦争、第一次世界大戦等、戦争なる文字を冠せられるものの一つ一つが、非道惨虐野蛮等の言葉を直ちに想起せしめるものである。」しかし「ただこの戦争が一つの理想のもとに行われていること、そしてその理想の純粋さが文学するものにとって矛盾なく受入れられるものであることを信じたい。」D――「僕らは文学に哲学に賭けた。しかし僕らに先ず何があったか。また、何を目指してどういう世界へ自ら投じたのだったか。」「僕らの精神の営為は何かわけのわからぬ浪費にすぎないのか。何の価値、何の救いが、ここに許されるのだろうか。」どれもこれも、いかにも正直な惑乱と、ほとんど破れかぶれの、無効な自己説得のもどかしさにみちた、惨憺たる文字である。

十七年六月、最後の『通信』のリストによると、「友達」二十七名、うち兵役にあるもの九名、在学中のもの八名。

昭和十八年一月末、グループの中心であった矢山哲治という青年の死が、すでに命脈がつきていた「こをろ」に終止符をうった。十七年以降の「こをろ」については、この一つの死をのぞいてはほとんど語るべきものはない。

みられる通り、「こをろ」という短命だった共同体の歴史がおびている生気は一種の純粋なウルトラ・ファシストの魂の気息といえるようなものであるが、その生気の中心が矢山哲治であった。彼は強烈な磁力をもった個性で、「こをろ」のメンバーはみな牽引されるにせよ反撥するにせよ彼の磁場をはなれ得なかった。十八年六月『こをろ』第十三号が彼の追悼号として出されたが、巻頭の「矢山哲治小歴」によれば、彼は大正七年福岡市に生れ福岡高校理科を経て昭和十六年末九大農学部卒業、翌十七年二月応召、「間もなく病を得、久留米陸軍病院入院。小康を得て退院、自宅にて療養中、昭和十八年一月二十九日没」している。なお「福高在学中、『九州文学』に加盟。詩集『籾』。九大在学中、知友と共に本誌『こをろ』創刊。詩集『友達』、詩集『柩』。」また彼を追想するいくつかの文章は、彼の文学生活の色彩がきわ立ってドイツ風、日本浪曼派風のものであり、彼につよく影響した詩人にゲオルゲ、リルケ、ニーチェなどがあったことを伝えている。——彼は福岡市郊外を走る私鉄の電車にはねられてわずか二十四歳で死んだ。事故だったか自殺だったか今に不明で、当時「こをろ」の中にも二説があったが、しかし彼らがうけた印象は全く同質のものであった。自殺か事故かのちがいが完全に無意味であるような、ある深く運命的なもの象徴的なものとしてその死は受けとられた。この印象の同一と、現在もそれが鮮度を失わないことを、現存するかつての「友達」についてたしかめることができる。それは、いってみれば、ひあがってきた水たまりであえいでいた鮒の白い腹を返した死、呼吸困難のはての窒息死、という印象であって、そういう感受の性質は同時にその時期の「こをろ」のメンバーを一様にとらえていた感情のありようを説明している。

「こをろ」という「精神の気圏」はいわばファシズムに丸呑みにされたが、その内部はついに外部のファシズムと同質化することがなかったのは、その徹底的に非政治的な文化主義による。『こをろ』十四冊の約四十の小説、約三十のエッセイ、約三十の詩の量と質はほとんど言うに足りぬものだが、彼らがこの生産にかたむけた情熱は彼らがその集団の保持についやした情熱とはハッキリと異質のものであった。ただ、その「文化主義」はこの集団の「何のためにの〈何〉がなくてもよい——意志」が「何のためにの〈何〉がない——意志」のニヒリズムに転化することを最後までさまたげはしたが、同時にその「非政治的」は彼らのフラストレーションの自覚が体制批判の方向に向うことを根本的に妨げたのだ。

　戦争と抑圧の悪気流につつまれた「こをろ」という小さな「精神の気圏」の内部で行われたエネルギーの不毛な集中と、一九五九年の大衆化状況というニセの青空をもつ「精神の気圏」の中で進行しているエネルギーの一見豊饒な拡散との間には、あるアナロジーを考えることができよう。多分両者は、目的を見出し得ないエネルギーの運動と目的を見出したがらないエネルギーの運動とが似ている程度には似ていよう。「こをろ」というエネルギーのどの面が当時の状況の中でどういうヴェクトルの変転を示さざるを得なかったかは見やすいが、現在の拡散している多様なエネルギーのヴェクトルとその相互干渉はたやすくは見定め難い。しかし、十五年前に死んだ「こをろ」の短かい歴史は、少くとも次のことは今日において発言できるだろう。あるエネルギーの発現を、それが進歩と反動のいずれとも直結していないとき、一種の中性態とみなすことを好む今日の一傾向は感傷的俗論にすぎないこと。発現中のポテンシャルとはナンセンスであり、あらゆるエネルギーはそのそれぞれの側面において、次元を異にする諸状況とのそれぞれの関連において、時点のちがいにおいて、正と負の符号をしばしば転換するが、しかしプラスでもマイナスでもない中性状態は歴史の中であり得ない、ということ。

（「思想の科学」昭和三十四年十二月）

「こをろ」と矢山哲治

近藤洋太

「こをろ」は、昭和十四年（一九三九年）十月、福岡から発刊された同人雑誌である。発刊当初の同人の年齢は、二十歳前後。多くが大学生か高等学校の生徒で、最勢時の同人は五十名近くに達した。大戦間近のこの時期、多くの同人雑誌が整理、統合を余儀なくされてゆくなかで、「こをろ」は昭和十九年（一九四四年）四月に第十四号を出して終刊した。若者たちだけで作る同人誌が、この時期まで存続し得たこと自体が奇跡的なことであった。

矢山哲治は「こをろ」の中心的な存在であった。彼は大正七年（一九一八年）、福岡に生まれた。彼は春吉尋常小学校から中学修猷館に進学する。中学のころ、矢山は玄洋社に寄宿していたことがある。その精神に惹かれるものがあっただろうが、それだけが寄宿の理由ではなかった。彼の父、喜三郎は四十三歳で早世した。母フサは祖父の庇護があったとはいえ、四人の子供を育てあげなければならなかった。矢山は、母親を大事にしなければならないと思いながら、盲目的溺愛、拘束を本能的に拒否した。実家がありながら、彼が福岡市内のあちこちで下宿生活をしたのはそのためであった。

昭和十年（一九三五年）、矢山は修猷館を第四学年修了で旧制福岡高等学校（理科甲類）に入学した。福高では剣道部に在籍したが、高校二年時、肺門浸潤と診断され、半年間休学。原級にとどまった。このころ、「若草」、「蠟人形」などの詩の投稿欄に投稿している。昭和十三年（一九三八年）、福高教授で「九州文学」同人の浦瀬白雨、秋山六郎兵衛の知遇を受け、「九州文学」同人となった。この年の十二月、すでに文通によって知り合っていた立原道造を福岡に迎える。「身心改善」のために、この年日本縦断の旅を敢行したが、胸を病んでいた立原は長崎で倒れる。矢山は帰京する立原を博多から下関まで付き添って見送った。その折、矢山は立原から構想していた「午前」への参加を促される。

「こをろ」の創刊号には、亡くなった立原道造の矢山に宛てた「詩人の手紙」が、また終刊号には檀一雄の詩篇「月地抄」六篇がそれぞれ巻頭に掲載された。晩年、立原は芳賀檀の『古典の親衛隊』を読み、「日本浪曼派」への関心を深めていった。檀は福高の出身で、他ならぬ「日本浪曼派」の同人でもあった。このふたつの寄稿の意味を考えてみると、自ずと「こをろ」という雑誌の性格というものがみえてくる。

立原道造が自分を育ててくれた「四季」から抜け出し、詩誌「午前」を若い詩人たちと作ろうと計画したように、矢山は「九州文学」を辞し、仲間を募って「こをろ」を創刊した。当時「九州文学」は、同人の作品が次々と芥川賞・直木賞候補となるなど華々しい時期であったが、矢山はそれに納得しなかった。「こをろ」は人間あっての雑誌、集団あっての機関であり、発表のための集合であってはならないとの自戒が、彼には常にあった。このことは「こをろ」内部でしばしば論議をよび、一時は解散の瀬戸際までいったことがあった。

矢山は生涯に『くんしやう』、『友達』、『柩』という三冊の詩集、未刊詩篇、小説、エッセイなどを遺した。それは本書でもおおむね辿ることができる。矢山は兵役についたのち、再び胸を患い、現役免除され福岡に帰ってくる。彼の失意は大きく精神状態が不安定であった。矢山は昭和十八年（一九四三年）一月二十九日早朝、ラジオ体操の帰り、西鉄の無人踏切で上り電車に轢かれ死去した。自殺であったか、事故死であったか今に不明である。

矢山に二行四連からなる三篇の詩「鳥」がある。そのなかの一篇。

わたしは鳥
もう一羽の鳥によびかける

日が暮れるまで
羽がくたびれるまで飛んでゐようよ
わたしは鳥

もう一羽の鳥がよびかける
夜が明けるまで
羽が休まるときまで翔けてゐませう

対米開戦の直前の時期に書かれたこの詩は、「真にデモクラチックな自由と自治の団体」を目指しながら、挫折せざるを得なかった青年たちの姿を、つまり羽がくたびれるまで飛び、羽が休まるときまで翔けざるを得なかった彼らの心情をよくうつしている。

矢山哲治は、戦後、「こをろ」に拠った阿川弘之、一丸章、小山俊一、小島直記、島尾敏雄、那珂太郎、眞鍋呉夫らの文学・思想の仕事のなかに、濃淡はあれその姿が見え隠れする。「こをろ」グルッペ——福岡高等女学校、私立福岡高等女学校（現福岡女学院高校）出身の女性たち——は、「こをろ」同人たちとしばしば福岡近郊の背振山、油山、耶馬溪、名島、長垂、箱島といった丘陵や海辺にハイキングに行き、海水浴に行った。それだけではなく、「こをろ友の会」会員として、財政的にも「こをろ」を側面から支えた。敗戦直後、彼女らの一部は、朝鮮半島、満州から引き揚げてきた孤児収容施設「聖福寮」の活動に参加する。それは「こをろ」の精神、なかんずく矢山哲治の存在と深いところで呼応していただろう。

●初出一覧

Ⅰ詩篇

詩集『くんしやう』昭和十三年八月十五日　非売・限定四十部
刊行者・鈴木真　題字序句・浦瀬白雨　扉絵意匠・原田義道

詩集『**友達**』昭和十五年九月二十五日　非売・限定七十五部
刊行所・詩集友達刊行会　挿画・原田義道　装飾・渋田博　造本・鳥井平一、眞鍋呉夫

詩集『**柩**』昭和十六年十二月十五日　非売・限定百部
刊行者・眞鍋呉夫　頒与・こをろ発行所

未刊詩篇「習作詩篇」「こをろ詩篇」『矢山哲治全集』（昭和六十二年九月、未來社）より

Ⅱ小説

「十二月」　「こをろ」第八号（昭和十六年八月）

Ⅲエッセイ・雑記

「花がたみ」　「九州文学」（第二期）第五冊（昭和十四年二月）
「母音の鈴」　「九州文学」（第二期）第六冊（昭和十四年三月）
「過失抒情」　「九州文学」（第二期）第七冊（昭和十四年四月）
「詩人の死　立原道造のこと」　「九州帝国大学新聞」昭和十四年五月二十日号
「手紙（岸田國士・横光利一・太宰治について）」　「こをろ」第四号（昭和十五年九月）

「友達」　　　「こをろ」第六号（昭和十六年三月）
「私信――こをろを読んで下さる方に」　「こをろ」第六号（昭和十六年三月）
「火野先生」　「こをろ」第九号（昭和十六年九月）
「栞草」　「芝火」（昭和十七年一月）

Ⅳ同人随想　初出情報は文末に表示しました。

⦿矢山哲治・こをろ主要参考文献

・『矢山哲治全集』矢山哲治（昭和六十二年九月、未來社）
・『詩人の死』矢山哲治（昭和五十年九月、風信社）
・復刻版「こをろ」（全十四冊）・別冊『「こをろ通信」（昭和五十六年九月、言叢社）
・『お前よ美しくあれと声がする』（昭和四十五年三月、集英社）
　↓『お前よ美しくあれと声がする』（潮文庫）（昭和四十八年十月、潮出版社）
　↓『お前よ美しくあれと声がする』（平成二年八月、梓書院）
・『矢山哲治』近藤洋太（平成元年九月、小沢書店）
・『「こをろ」の時代　矢山哲治と戦時下の文学』田中艸太郎（平成元年七月、葦書房）
・『戦中文学青春譜　「こをろ」の文学者たち』（海鳥社ブックス24）多田茂治（平成十八年二月、海鳥社）
・『矢山哲治と「こをろ」の時代』杉山武子（平成二十二年五月、績文堂出版）

◉凡例

各作品の底本を尊重しながら、次のような本文校訂の方針をとった。
一、収録にあたり、明らかな誤記・誤植については正しい表記に改めた。
一、本文は原則新字体、歴史的仮名遣いを使用し、拗促音の半字表記は採用しなかった。
一、送り仮名不足の場合は、読みやすいよう適宜補った。
一、文中の引用箇所については、各作品の底本に基づき、そのままとした。
一、今日の人権意識に照らして不当・不適切と思われる語句や表現については、作品の時代背景と文学的価値とに鑑み、当時のままとした。

◉底本について

底本には以下のものを使用した。
＊『矢山哲治全集』（昭和六十二年、未來社）
＊『露のきらめき―昭和期の文人たち』眞鍋呉夫（平成十年、ＫＳＳ出版）
＊『島尾敏雄全集　第一巻』島尾敏雄（昭和五十六年、晶文社）
＊『矢山哲治全集』付録（昭和六十二年、未來社）
＊復刻版「こをろ」別冊「こをろ通信」付・「こをろ」と私（昭和五十六年、言叢社）
＊「思想の科学」（「昭和三十四年十二月」）

矢山哲治（ややま・てつじ）

大正７年、福岡生まれ。福岡県立中学修猷館高校から旧制福岡高等学校理科甲類、九州帝国大学農学部に進学。昭和 14 年、島尾敏雄、眞鍋呉夫らと同人誌「こをろ」を創刊。詩集に『くんしやう』『友達』『柩』がある。18 年に西鉄大牟田線薬院—西鉄平尾間の無人踏切で、上り電車に轢かれて死去。享年 24。

福岡市文学館選書5
矢山哲治　―詩と死―
２０１８年３月30日　第一刷発行
企画・編集　中山千枝子
発行者　福岡市文学館（福岡市文学振興事業実行委員会）
〒８１４-０００１
福岡市早良区百道浜３丁目７番１号
ＴＥＬ　０９２-８５２-０６０６
発売　株式会社　書肆侃侃房
〒８１０-００４１
福岡市中央区大名２丁目８番18号　５０１
ＴＥＬ　０９２-７３５-２８０２
ＤＴＰ　園田直樹（書肆侃侃房）
印刷・製本　株式会社西日本新聞印刷

ISBN978-4-86385-306-5 C0092